GOBOOKS & SITAK GROUP©

三日月書版

魔
夏日騷動
午夜藍
A_maru／插画
A Summer for the
輕世代
FW357
日月書
下

A Summer
for the Witch

目録 contents

[ハコニワのウィッチ]

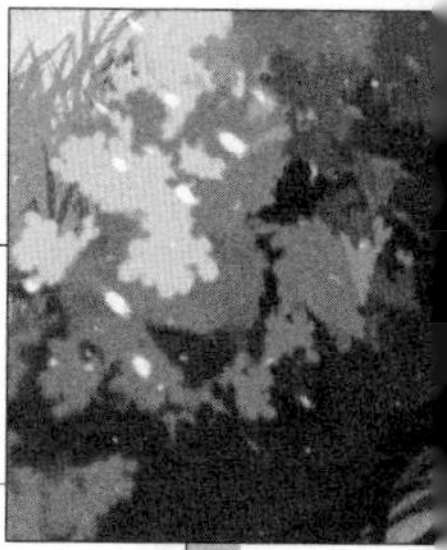

A Summer for the Witch

Interlude.

[魔女起源]

最初，她僅是想看看這漂亮的群青色，能夠在畫布上勾勒出什麼樣的色彩。

她是某位貴族家最小的女兒，成長環境衣食無虞，即便出生在那冬日漫長的嚴寒北國，也不曾體驗過真正的飢寒。

受家族全員疼愛的女孩本該接受良好的教育，在符合她身分的禮儀教養下成長，最後成就一段政治婚姻，達成門當戶對的使命、生兒育女直到老去。

那將是毫無波瀾，卻也能預期是充滿平淡幸福的人生。

儘管那或許是不自由的一生，但懵懂的貴族女兒身在這樣的世界，也無法知曉真正的——或者說自己的快樂為何。

改變她的契機，是來訪的一位客人，一位從法國輾轉到這遙遠北歐的老先生。

老先生是受她父親賞識而住在宅邸附近的畫家，專門幫貴族繪製肖像，宅邸牆上許多的風景油畫也是他的作品。

家族提供的教育並不包含油畫，本來年幼的次女並不會學習到這種藝術。

引起她興趣的，是某次女僕拿在手上，準備懸掛展示的某幅畫作。

她被那畫作裡的風景深深吸引，傍晚趁著家人不注意的空檔，偷偷溜到了老先生正在作畫的畫室。

畫室中刺鼻的顏料味道讓小女孩有些不適應，但看著畫室中琳瑯滿目的未完成作品，還是讓她相當興奮。

「那幅畫是哪裡的海景呢？」看見坐在木凳上的駝背老人，小女孩睜著閃耀光芒的雙眼問道。

她雖然有跟著家人去過北國的港邊，卻只有灰濛濛的印象。小女孩無法想像那畫作中晴朗無雲的藍天，以及比寶石還要閃耀、有著漸層色彩的海岸是在哪裡。

看著畫裡的風景，耳邊似乎能聽見海鷗的鳴叫聲。比起環境不太好的北歐，畫裡彷彿是童話中的國度。

老先生一看來者是雇主的女兒，雖然嚇了一跳，還是停下手邊的動作、露出和藹的笑容。

「是尼斯——我的故鄉。」

那是在未來的十九世紀，會以同名小說獲得「蔚藍海岸」美譽的法國南部城市。

滿頭白髮的老先生微微瞇起雙眼，好像看著遙遠、無法回去的故鄉。

「這幅畫的作畫材料，也是承蒙老爺照顧，才有辦法取得的『群青色』。雖然尼斯的海與天空，比妳看到的畫作還要更加閃耀動人。」

「群青色……」

小女孩可愛地歪了歪頭，那就是海的顏色嗎？

她又看了看老先生手邊的調色盤，就是從那些色彩，調製出這樣完整而動人的油畫嗎？

簡直就像她常常聽到的，所謂七日創世的神，畫家也是以自己的巧手打造出作品的世界。

不過比起創造世界，充滿童心的她還是更想去看尼斯的海岸。

在那繁複而無聊的教育之外，她第一次感受到自己的心臟正噗通噗通跳動著。

那是不曾體驗過的，非常興奮的感受。

於是，尚未理解被家族賦予的使命的小女孩，只是童言童語地問了出口。

「你可以教我畫畫嗎？」

他雖然面有難色，還是溫柔地回應：「我很樂意，但妳的父親必須同意此事。」

那晚，她就跑去向父親請求能騰出時間學畫畫。

父親捱不過小女兒的撒嬌，同意了她的請求。

本以為只是小孩的一時興起，她的父親從未想過——這一時興起的想法改變了女兒的一生。

——最終，甚至成為了魔女。

A Summer
for the Witch

Chapter 7.

[慣竊]

她做了一場夢。

低頭看著自己的身體，夢中的自己仍是那過於嬌小而脆弱的身軀，穿著一件漂漂亮亮的細肩帶白洋裝。

真希望快點長大，就不用再依賴著誰，她想著。

但除了對身形的認知，放眼望去的周遭世界卻相當朦朧，不管天空的藍與白雲、遠方那隨風搖曳的麥田，全都像她常見到的印象派油畫。

僅有美麗的光影，沒有明確的實體。

視線在無人的小山丘上逡巡，銀髮小女孩的神情越來越緊張。

「阿樹……」

她低喃著某人的名字，卻沒有任何回應，於是轉身想去尋找青年的身影。

小女孩的背後是一棵櫟樹，在周遭都很模糊的夢境中，唯有櫟樹高壯的樹幹與茂密的枝葉顯得清晰無比，給了她一種莫名的親近感。

小女孩遲疑著，最終仍伸出手，想觸摸樹幹的表皮。

不過在碰觸到的前一秒——她突然身體一顫、嚇得收回手，理由來自於那道突如其來的目光。

那是道帶有壓迫以及惡意的目光，膽小的女孩瑟縮起身體，這才發現樕樹旁佇立著一位少女。剛才有人在那裡嗎？她感到困惑。

跟一身純白的她不同，那位纖細的少女身著黑色蕾絲禮服，全身也像油畫的一部分，以濃厚的黑與灰塗抹。

小女孩總覺得很奇怪，這身服飾雖然看起來典雅莊重，但那並非要趕赴宴會的打扮——更像是西方喪禮穿的喪服。

女子的面容籠罩在薄紗頭罩後，即便無法看清，敏銳的小女孩卻感覺得到對方的惡意，以及惡意背後透出的濃濃哀傷。

「……」

小女孩不是第一次見到她。然而身著喪服的女子不曾說過話，每次在夢中相遇，她們僅能四目相望。雖然小女孩有些懷疑，她跟喪服女子的視線是否從未交集過。

「妳……」

妳想告訴我什麼嗎？

這一次，小女孩鼓起勇氣，試著接近喪服女子。

但只要做這種嘗試，周遭的景色就會開始產生變化，逐漸碎裂成一個個方塊。

那是現實中她總會看到的那種方塊，每次詢問阿樹那是什麼，總是得不到一個明確的解釋，只說這是構成世界的一部分元素。

「等等——」

腳下所踩的土地開始崩塌了，即將墜落的銀髮小女孩，向喪服女子所在的高處伸出手。

喪服女子的雙手交握在胸前，仍然一動也不動，沒有伸出援手，只是微微朝她的方向注視著。

終究沒有觸及。

夢到此就結束了。

「嗚……」

迷迷糊糊醒來的小女孩，首先見到的是懸掛的燈泡，以及有些狹小的布質天花板。

外面傳來了一些聲響。她的身體大部分還在睡袋裡，扭動著側過身，只見另一個睡袋早就收好放在角落，看來自己是賴床了。

「又沒叫醒我，真的當我是小孩子。」

穿著紫色的排汗纖維上衣與黑褲，銀髮小女孩氣得臉頰鼓鼓。她以笨拙的動作收好自己的睡袋，踩著光腳拉開帳篷的門，向外探出了頭。

迎面而來的是一片寬闊的高山草原，本該是如此的，她記得入夜前是那樣的景色。

但現在天還沒完全亮，除了遠方天際隱隱約約的白光，周遭的景色沒入一片昏暗中，並不是很清晰。

即便是夏季，當海拔到一定高度後，清晨依舊非常寒冷。迎面而來的山上低溫讓她想直接縮回去睡覺。

但尋找的那位青年就在不遠處跟人閒聊著，小女孩只得用力吸了一口溼冷的空氣，抖擻著身體強打精神。

因為天冷的關係，她忍不住打了個小噴嚏。她連忙雙手摀嘴暗叫不妙，果然背對著她的青年一聽到聲響，便中斷與大叔的閒聊起身。

如今想躲回帳篷也來不及了，青年來到帳篷前彎下腰，對著小女孩的臉龐滿是擔心。

那本是一張有點書生氣質的俊秀樣貌，卻也彷彿經歷過些什麼。與年輕的外貌相比，青年的眼神顯得有些滄桑，每當將那一面展現出來的時候，總會讓熟識的人也感到一些隔閡。

青年將那些過往藏在內心深處，此刻的他只是勾起嘴角，對最重視的人開口說道：「要注意保暖，現在是清晨，外頭溫度只有十五度左右，防風外套先穿好。」

面對青年投來的關懷，小女孩雖然心頭感到暖和，卻仍皺著眉瞪他，只差沒有扮鬼臉。

見小女孩沒有回話，青年倒也見怪不怪了，只是無奈地笑道：「等一下就要攻頂了，昨晚睡得好嗎？」

繼續沉默了片刻，小女孩突然想到了什麼，於是露出頑皮的笑容。

「阿樹太吵了，打呼聲吵得我睡不好，像是大象的叫聲。」

被稱做阿樹的青年微微一愣，很快便露出更加燦爛的微笑，「我也不好意思隱瞞，艾莉卡是大人了，應該想知道昨晚那聲響的真相吧？可不是我的打呼聲。」

艾莉卡是她的名字，據說這是一種花名，正式的中文名稱叫做歐石楠。

「總是有人把妳跟希瑟搞混，但實際上這是兩種不同的花，希瑟是帚石楠。」艾莉卡還記得阿樹曾摸著她的頭，如此柔聲說道。

大人兩字激起了艾莉卡的情緒，她立刻拉高了音量。

「當然是大人了！阿樹昨晚打呼很吵，請你像個大人老實承認好嗎？」像個大人老實一點呀。

摩挲著下巴，阿樹以煞有其事的緊張表情說道：「我就老實承認吧，那可不是打呼聲。還記得上山前我跟妳提過，徘徊在這山區、沒有離開的神祕紅雨衣怪客嗎？」

艾莉卡一聽，表面上雖處變不驚，尚在帳棚裡的雙腿卻微微後退了幾步。

「什、什麼紅雨衣怪客，我才不相信呢！」

阿樹湊到艾莉卡面前，微瞇著眼繼續說道：「我跟妳說過吧，這山區有個傳說，不幸發生山難的旅客死後化為紅雨衣怪客，會在夜晚鑽進登山客的帳篷裡取暖。

「昨晚我也聽到打呼聲了喔，本來以為是妳發出來的……結果拿起手電筒一照，發現妳睡得還真平穩，真是乖孩子。」

話說到此，阿樹的神情越來越慘白，面色不安地繼續講述鬼故事。

「但打呼聲沒有中斷，結果……妳知道我看到了什麼嗎？」

「是、是什麼？」被阿樹帶起了恐懼的情緒，精神年齡與外表一致的艾莉卡也瑟瑟發抖。

「那不只是打呼聲，仔細一聽是有人在低喃。我看見穿著紅色衣服的女孩就躺在妳旁邊，她說著……」

阿樹湊到艾莉卡小巧的耳朵邊，重現昨夜那驚魂的低喃。

「好——冷——誰——來——幫——」

「咿！」阿樹還沒講完，膽小的艾莉卡已經受不了了，她發出慘叫聲，衝出帳篷緊緊抱住了阿樹。嬌小的身軀抖個不停，很是可憐的模樣。

阿樹拍著瑟瑟發抖的銀髮小女孩頭頂，將真相說出來。

「其實這個聲音是來自半夜睡不著，偷偷跑過來想跟艾莉卡一起睡的小玥。」

阿樹的目光轉向戴著粉色針織毛帽，正往這邊走來的美麗女孩，她就是小玥。

年輕女孩輕咳幾聲解釋道：「畢竟真的很冷呀，我保暖衣物穿太少了。」她本來想著小孩子的體溫應該夠暖和，打算來蹭一腳的。

但畢竟單人睡袋的空間還是很有限，結果如意算盤落空，她只能繼續低喃著「好——冷——呀——」乖乖回到自己的帳篷。

小玥將艾莉卡拉到自己懷裡，狠狠盯著阿樹。

「……好啦，阿樹哥別再欺負艾莉卡了。你們快點做好準備，再晚一點就要看不到完整的日出了喔。」

得知阿樹只是開玩笑，在別人懷中的銀髮小女孩只能生著悶氣，但又一點辦法也沒有。

哼！阿樹你等著，我總有一天要欺負回去。

氣鼓鼓的艾莉卡每天都幻想著許多偉大的報復計畫，儘管目前為止沒有一次真的成功過。

在清晨時分匆匆起床簡單吃完早餐後，一行人又繼續趕路。天色昏暗，朝山頂前進的他們要靠著頭燈辨識前方的山徑。

從營地前往山頂的山路並沒有艾莉卡想像的崎嶇，或許是因為這座山峰挑戰難度不高，登山路線也相當明確，連她這沒什麼體力的小孩子也能應付，更何況大人們也時時刻刻留意著她。

正因為如此，阿樹才敢帶她一起來吧。全身輕裝的艾莉卡凝視青年背著厚重登山背包的背影思考著。

有多久了呢？銀髮小女孩有些記不得了。

她加速腳步來到阿樹身旁，凝視著青年有些鬍渣的臉龐。

是從什麼時候開始，她就跟在阿樹身邊了呢？

雖然她對小玥或其他大人說謊，謊稱自己是因為暑假才會跟著阿樹出來到處跑。

她總對其他人說阿樹是她在臺灣的親戚，有著外國人樣貌的她則是住在臺灣多年，非常適應這裡的生活。

實際上她已經跟著阿樹旅行了很長一段時間。

他們應該是有家的，是住在一間書屋的樓上。書屋有一位漂亮的黑髮大姐姐店主，艾莉卡很喜歡她。

但在艾莉卡的記憶中，阿樹很少帶她回書屋。並非討厭回去那裡，而是他們的旅行不是表面上那樣漫無目的地遊蕩，而是有個明確的目標。

阿樹從未提過他的目標是什麼，只告訴過艾莉卡自己的職業。

那是某天明亮的午後，在民宿的木屋房間裡，青年搖晃著玻璃杯內的酒，輕啜幾口，凝視著桌上的油畫開口。

「這個世界有偷珠寶、偷任何值錢寶物，也有偷女人心意的小偷。我呢，也是小偷——但我不偷那些平凡之物。」

說著，他的雙眼越顯冷淡。

之後艾莉卡逐漸發現，每當阿樹露出這種表情時，就是他拒他人於外、也是他最脆弱的時候。

但那時她才剛與青年認識不久，所以只是傻傻地問：「阿樹想偷什麼？」

搖晃著玻璃杯的手，停了下來。

青年的目光再次轉往桌上。放在桌上的那幅油畫描繪著一位穿著青色毛衣，懷中抱著燦爛笑容小嬰兒的母親，艾莉卡很喜歡。

似乎想到了什麼，注視著油畫的阿樹表情更加黯淡，他以清冷的聲音回答。

「色彩。」

艾莉卡摸不著頭緒，所以阿樹是為了色彩才到處收集油畫？

「色彩……」

「嗯。」阿樹也不打算解釋，將啤酒一飲而盡，享受著微微的醉意。從那一日起，他就再也沒有醉得不省人事過。

他很清醒。

因為他必須去看清楚這個世界，理解自己要做的事情是什麼。

「那麼，艾莉卡。」他看向銀髮小女孩，露出溫柔的笑容，「妳要繼續跟我這個不成材的小偷旅行……還是要陪在鈴蘭身邊？至少比起我，鈴蘭更需要妳。」

對於阿樹和書屋的店主，就是那位叫鈴蘭的姐姐，艾莉卡都不算熟悉。

不幸的是，她的記憶其實相當模糊，連什麼時候開始跟在阿樹身邊，甚至自己的身世都想不起來。

她失憶了。

但幸運的是，她還對鈴蘭與阿樹有模糊的印象。那是模糊到類似直覺的感受，她很清楚這兩人值得信任，而且對自己來說都是很重要的人。

朋友、還是家人？

不管關係如何，艾莉卡知道現在自己需要什麼了。

「我……」

那時的回答是——

艾莉卡還沉浸在回憶中，一旁的阿樹只是默默觀察著，露出笑容拍了拍她的頭。

「要到了喔。」

漫長陡升的爬坡路段，終於看到了盡頭。

在領隊的引導下，他們跨過了山徑的最後一里路，當從陡坡躍然而上到達山頂時，眼前的一切豁然開朗。

也因為攻頂的時間抓得恰到好處，當辛苦爬上山頂時，迎接他們的便是從雲霧中升起的旭日。金黃的光芒覆蓋整座翠綠的山頭，四散的陽光帶走了刺骨的寒意。

黎明將黑夜與薄霧驅散，深藍天空的末端帶著白亮的漸層，不久後天就將完全亮起。那本是自然的規律，卻也是遠離它們的人類所嚮往的事物。

所有為爬山所做的準備與奮鬥的過程，就為了這一刻的美好。

「哇——」看見眼前的景色，艾莉卡忍不住張開雙臂，迎著曙光開心地笑了。

如果阿樹能將這色彩偷回去就好了，她心想。

小女孩興奮的情緒影響了大家，眾人疲憊的神色也跟著散去。

「來拍張照吧。」

團隊中最有經驗的領隊招了招手，將大家聚在一起，留下值得紀念的攻頂照片。

之後便是各自活動的自由時間，放下身上的包袱後，有人坐在岩石上一起閒聊，有人拿起相機拍攝曙光，也有人只是站在山峰邊緣、享受這遼闊的景緻。

戴著粉色針織毛帽的女孩找了塊石頭坐下來，把登山背包放在一旁，打開拉鍊取出某樣物品。

「艾莉卡，不要太靠近邊緣喔，小心摔下去！」愛操心的阿樹一把拉回了站在岩石邊的艾莉卡，這時他也注意到了小玥的舉動。

「就說我不是小孩了！你比老媽還要操心耶。」雖然艾莉卡對自己的父母一點印象都沒有，心裡倒是肯定阿樹一定比他們還煩人。

聽著小女孩的抱怨，阿樹笑得可開心了，但笑容裡卻有一點感慨。

「以前，也有人這麼評價過我呢。」阿樹抱著掙扎的艾莉卡，將她拖到小玥身旁才放她自由。

他在小玥旁坐下，觀察著女孩的動作。

小玥從登山背包裡拿出的是一張信紙與一支筆，此刻她將信紙放在膝蓋上，似乎準備要寫信。

「爬到山頂的感受如何？」

小玥微微一愣，發現來者後，才露出禮貌的笑容回答，「我還以為自己辦不到。都是多虧阿樹哥，覺得下次能挑戰更難的百岳了。」

「我也是這幾年才開始登山。平常多做一點體能訓練，事前做好充足準備，百岳肯定不困難。」

聽了阿樹的鼓勵，小玥看向不遠處幫助一行人順利攻頂的領隊。

「也要有經驗的人帶才比較容易，聽說郭大哥連外國的大山都爬過？阿樹哥認識好多人呀……」

對此，阿樹只能露出溫柔的神情，「並不是我認識的人，但就當作是如此吧。」

「嗯？」雖然發出疑問聲，小玥並未對此多做糾結，因為她有更重要的事情要完成。

她低頭看著膝蓋上的信紙，輕聲低語著：「本來以為大病初癒後，我一輩子都與這種活動無緣了。」

「也不是要說心靈雞湯，總之我只能以自己的經驗告訴妳，不要畫地自限。」

聽了阿樹的鼓勵，小玥點點頭，看著遠方的黎明。

充滿了希望——就像自己所盼望的、嚮往的未來。

但面對光明，身後必然會拉出一道陰影。

在小玥心中也有一段，不管如何都無法忘懷，深深感到遺憾的過去。

「那，就將今天看到的景色寫下來吧。希望……他也能看到今天的陽光。」小玥低頭繼續寫字。

本來想去玩耍的艾莉卡聽見阿樹和小玥的對話，也好奇地湊了過來。

那是一封信。艾莉卡在爬山的過程中也有聽小玥說過，她想在爬到山頂後，將那一刻的感受寫成信寄給某個人。

既然是寫信的話，總要有個收件人。

「小玥姐姐，妳的信是要寄給誰呢？」

對於孩子天真的詢問，小玥沉默了。她再次開口時，臉上已重拾笑容，卻藏不住眼角的眼淚。

「一位重要的人。」

現在的她，相當幸福。

所以面對著山頭的黎明時，她要藏住內心的哀傷。

返程的路途同樣艱辛而漫長，不過那是一天後的事情了。

剛過中午，他們終於返回集合的山腳邊，艾莉卡感覺已經累到要腳軟了。

「好熱！」跟山上涼爽的氣溫相比，回到平地讓她感覺到，現在果然是臺灣炎熱的夏天呀。

與小玥以及領隊等其他山友告別後，他們來到了停車場。阿樹先打開後車廂，將兩人的背包收好。儘管這幾年都在外頭四處跑，他還是覺得自己的體力也不是很能應付登山。

「好累，好想好好睡一覺，好想躺舒服的床……」艾莉卡爬進銀白色休旅車，鞋子也沒脫便抱怨起來，嬌小的身軀整個癱在後座上，連動都不想動了。

車內高溫的暑氣讓她熱汗直冒，本來白皙的皮膚也變得紅潤，身體累得不聽使喚。

阿樹用手背拭去額邊的汗水，大口吸氣調整呼吸頻率後，先拿出手機確認一些事項。接著才扠腰看向趴倒的艾莉卡，露出無奈的笑容，「好了，妳先乖乖在後座坐好吧？等等還有一大段山路喔。」

「才不要！阿樹體力真好耶，不休息一下嗎？」

對著在後座賴皮翻滾的艾莉卡，阿樹眨了眨眼睛，「我是想先回家啦，等開回臺中市後我請鈴蘭叫披薩外送，大家一起吃吧。」

「披薩！終於不是乾糧或泡麵了！」爬山要求輕便，這幾天沒吃到什麼好東西。一聽到喜歡的食物，艾莉卡立刻乖乖坐好。

這孩子真好哄呢。

看著艾莉卡可愛的反應，阿樹內心也因此受到療癒。

不過銀髮小女孩一邊想著披薩，突然腦袋一歪。

她發覺剛才阿樹話中有話，「阿樹，剛才你是不是說要請鈴蘭姐姐訂披薩？」

「嗯，沒跟妳說過嗎？」阿樹皺了皺眉頭，只好再次說明：「我們爬山前也有回家一次吧？畢竟登山裝備平常不會用到，我打算先回去整理一下，再出發旅行。」

一想到不常見到的鈴蘭姐姐，艾莉卡滿心期待。

不過後照鏡中看到，已經坐上駕駛座的阿樹倒是表情冷淡。

「而且，明天還要再去找小玥一趟。」

車子發動了。

從鄰近臺中的縣市回到臺中市，至少也需要數個小時。

「阿樹！交給我吧，我會努力跟你聊天！」擔心阿樹不小心睡著，坐在後座的艾莉卡決定要做自己能做到的事，好好支撐他的精神。

除了重新綁好雙馬尾，她的衣物也做了更換。

其實在車上換衣服也行，不過艾莉卡很在意阿樹的目光，所以上路前找了間公用廁所換成短袖襯衫和短褲。

據艾莉卡本人表示，她挑了比較成熟的衣服，不過搭配那拍拍胸膛的自信模樣，阿樹只覺得像個可愛的小大人。

「撐不住的話就好好睡覺吧。」

「我不是小孩子了，這沒有多困難。」

一小時後。

本來信誓旦旦要跟駕駛聊天的艾莉卡，此刻早已瞇起眼、靠著椅背睡著了。

阿樹也見怪不怪，不如說他本來預計旅行只會是自己孤獨一人，所以現在自力打起精神開車並不算什麼。

能夠有與帚石楠相似的歐石楠陪伴在身邊，已經是不敢奢望的奇蹟了。

「真是……」

雖然沒有記憶，但坦率可愛的部分跟那位魔女幾乎一模一樣。

看著後照鏡中的艾莉卡，阿樹露出了一貫的溫柔表情。

請妳再等等吧，魔女。

回到臺中市、享受過晚餐的披薩，盥洗完的艾莉卡已經睏得不行。她雖然很想跟鈴蘭姐姐再多聊一點，但累積的疲勞逼近極限，還是乖乖回到自己的房間就寢。

這一覺直接睡到了隔天，或許是久違的自家床鋪太過柔軟，當翹著幾根頭髮的艾莉卡拿起床頭櫃的鬧鐘確認時間時，不免嚇了一跳。

「已經下午了嗎……」

敞開的窗戶吹入了午後的風。艾莉卡很喜歡觀察隨風擺動的窗簾，看起來充滿涼意。

環顧四周，雖然是自己的寢室，但不管是那占據半面牆壁的大書櫃，以及似乎是用來繪畫、散落很多工具的工作桌，艾莉卡都沒什麼清晰的記憶了。

打了個哈欠，穿著無袖睡衣與短褲的小女孩打開衣櫃，從裡面挑選合適的衣物。

換上小短裙與恐龍圖案的短袖上衣後，艾莉卡準備到浴室刷牙洗臉。原本想順路去找阿樹，可惜對方並不在房間內。

雖然也想過阿樹或許在畫室，但就算真是如此，也不方便打擾他，最後艾莉卡便蹦蹦跳跳地來到了一樓。

天鵝座書屋今日仍舊照常營業，冷氣也全日吹送。

望著架上成堆的書與過於冷清的店面，艾莉卡扠著腰皺起眉，「一位客人都沒有呢。」

「書屋不是在等客人，而是在等每一本書的主人。」

櫃檯後的木椅上，穿著蕾絲睡衣的黑長髮年輕女子雖然如此說道，卻也忍不住打了個哈欠。

有著一頭黑長髮的美麗女子本該給人文雅的印象，不過配上那一身薄紗睡衣，反而有種慵懶的氣氛。

她就是天鵝座書屋的店主，鈴蘭。

女子伸著懶腰，手捂在嘴邊說道：「哈啊……今天的天氣好適合出門呀，為什麼我要在這顧店呢？」

「鈴蘭姐姐是為了賺錢吧？不然阿樹哪來的錢去旅行。」

艾莉卡隨便抽了本書翻閱，上面滿滿是她看不懂的文字，還有著幾何圖形和數學公式的說明圖，這種書到底誰會買……

提到了那位青年，鈴蘭只是露出無奈的笑容。

「沒錯呢，不過我其實不缺錢。」鈴蘭露出了俏皮的表情，「艾莉卡呀，以後不要成為像阿樹哥這種人喔，只會跟別人要錢的壞男人。」

艾莉卡把書放回去，對著鈴蘭眨了眨眼。

雖然阿樹和鈴蘭時常互虧，但艾莉卡感覺他們的感情不錯。不過，她至今都還沒弄明白他們的關係。

刻印在她腦海裡的，只有對兩人的信賴與親密。

儘管對一切的記憶都很朦朧，可是艾莉卡也只有在回到這間書屋時，身心才會感到徹底的放鬆。

她早就打從心底將天鵝座書屋當成了自己的家。

「阿樹說他是小偷，結果都沒有賺到錢嗎？他還說過在偷色彩什麼的……」

雖然偷竊是不好的行為，但艾莉卡記得阿樹偷的是色彩這種聽起來莫名抽象的事物。

聽到艾莉卡的童言童語，鈴蘭微微睜大了雙眼。

「色彩呀……」她欲言又止，最後還是搖了搖頭，露出溫柔而感慨的笑容，「不，阿樹哥偷的是無價之寶，卻又是對大部分人來說都毫無價值的東西呢。」

毫無價值卻同時是寶物嗎？艾莉卡的小腦袋實在想不明白。

艾莉卡還在想著這件事，鈴蘭笑咪咪地岔開了話題，「妳肚子餓了吧，要不要帶妳出門買個東西吃？」

「還沒有很餓耶……」艾莉卡不是害羞，比起肚子餓，全身的肌肉痠痛感覺更加強烈。雖然書屋有開冷氣，大熱天還是令人很沒胃口。

「那麼，我們晚點再出門吧。」

「鈴蘭姐姐不用顧書屋嗎？」

「誰叫阿樹哥沒有回來，沒人能接手呀。」說著說著，鈴蘭像是突然想到了什麼事情，雙眼發亮，「對了，好久沒幫妳梳頭髮了。」

鈴蘭對銀髮小女孩招了招手，拍拍自己的膝蓋，要她來到身邊。

艾莉卡一屁股坐到鈴蘭的腿上，笑咪咪的鈴蘭從櫃檯抽屜裡拿出梳子。一般的收銀櫃檯是不會有這類物品的，不過她看店常常無聊到整理起自己的頭髮，以此打發時間。

今天艾莉卡難得在家，也就玩起別人的頭髮了。

她梳理著艾莉卡的銀髮，不只是艾莉卡看起來很開心，鈴蘭也露出了平和的笑容。

鈴蘭回想著那彷彿昨日，卻已是數年前的情景，曾有一位同族梳著自己的頭髮，稱讚她把髮質保養得很好……

回想往事的黑髮魔女瞇起眼，輕聲開口：「跟阿樹哥的旅行順利嗎？」

背對著鈴蘭的銀髮小女孩扭著小手，有苦難言的模樣頗惹人憐愛。

「與其說是順利，不如說我根本沒幫上忙。像這幾天他帶我和一位叫小玥的姐姐一起爬山，整趟路都把我的行李搶去背。有時看見阿樹開車很累，本來想跟他聊天提神，結果我卻先睡著了。還有經過小巷被路邊土狗的吠叫嚇得要死時，也是他擋在面前安撫我……」

聽著艾莉卡訴苦的鈴蘭，忍不住發出銀鈴般的笑聲。

銀髮小女孩過於白皙的臉蛋頓時泛起紅暈。她對著親密的書屋姐姐，道出了內心累積很久的疑問：「鈴蘭姐姐，我什麼時候才能長大呢。」

「艾莉卡想長大嗎？」

「嗯，至少不能比阿樹矮好幾個頭吧，這樣會被瞧不起。」

聽到艾莉卡的說法，鈴蘭笑得更開心了。她按按艾莉卡的肩膀，說出自己真實的想法：「妳現在已經幫很多忙了。」

「我有幫到忙嗎……」

對著有些自我懷疑的艾莉卡，鈴蘭拍了拍她的頭，突然開啟另一個話題：

「以前，阿樹哥也不是現在妳認識的樣子。他也曾迷茫過，也曾沒有目標地活著，喪失所有前進的動力。對他和我來說，某位重要的家人離開得太早了，我們都還沒從那喪失感中恢復過來。」

重要的家人……

聽著鈴蘭說明的艾莉卡摸著胸口，不知為什麼也感到揪心。

但她的沮喪並沒有持續多久，鈴蘭放下梳子伸出雙手，將艾莉卡擁入懷中，摸了摸她的頭。

「最終還是妳點醒了阿樹，要他積極活下去。光是艾莉卡妳願意陪伴在我們身邊，就是無可取代的寶物了。我感覺得出來喔，感覺得出他的心情因妳而平靜。」

「鈴蘭姐姐……」在艾莉卡的認知裡，並沒有自己點醒過阿樹的記憶，也無法理解自己對他們兩人真正的重要之處。

不過如果鈴蘭和阿樹都這麼認為的話……艾莉卡感受得到鈴蘭姐姐話中的誠懇，她選擇相信他們，相信自己是他們無可取代的家人。

艾莉卡想抬頭看看鈴蘭的表情，身體卻突然癢了起來。

「所以別擺著苦瓜臉，要是阿樹哥看到又會擔心了呀，他就是那麼愛操心的人。」

原來是鈴蘭雙手在她的腋下搔個不停。

「哈哈哈哈，好癢——」

玩在一起的兩人發出了笑聲。雖然相貌與人種完全不相似，但此刻嘻笑著的艾莉卡與鈴蘭，看起來就像親密的姐妹一般。

此時，天鵝座書屋的木門打開了。

進來的並非期待的客人，而是穿著短袖襯衫與牛仔褲的阿樹。他一手夾著一個寬大的畫框，另一手則抓著一個卡其色紙袋。

外頭的炎熱氣溫讓他的額頭布滿汗水，不過一見到鈴蘭與艾莉卡，青年便露出愉快的笑容，「我猜艾莉卡也差不多醒來了，買了一袋紅豆餅給妳充飢。」

一聽到紅豆餅，艾莉卡差點流下口水。倒是鈴蘭的表情有些不滿，緊緊抱住了艾莉卡，「還是艾莉卡比較重要喔，我本來就打算要歇業出門了。」

「妳的書屋真的是開興趣的啊，工作是來交朋友的。」

確實，她完全不需要靠經營書店賺錢，阿樹至今也不明白鈴蘭開天鵝座書屋的用意。

對於阿樹的調侃，黑長髮的睡衣女子反露出嘲諷的笑，「嗯？也不想想是誰給你旅行的資金呢？你想睡在車上嗎？」

「如果只有我的話當然沒問題，不過現在有艾莉卡一起了，妳也捨不得吧。」

阿樹一邊鬥嘴，一邊把畫與紅豆餅放到了櫃檯上。

艾莉卡注視著這次阿樹偷回來的「色彩」，是一幅大片藍天的油畫，畫面裡有兩隻青鳥並肩飛行著。

那是多麼美好的意象，艾莉卡也好奇起那兩隻青鳥的關係。是一起旅行的家人？還是戀人？想著想著竟然臉紅了。

阿樹沒有注意到艾莉卡的變化，他隨興地靠在櫃檯邊，從紙袋裡拿出紅豆餅吃。

「已經睡一整晚加早上了，艾莉卡妳的體力還夠嗎？」

阿樹的語氣帶點挑釁的意思，仍坐在鈴蘭大腿上的銀髮小女孩輕哼一聲。

「哼，當然夠呀！我才沒這麼愛睡覺。」

看向不快的艾莉卡，阿樹露出陽光般的笑容。

「那等吃完紅豆餅，要不要陪我去個地方走走？」

大約一個鐘頭後，阿樹將取回的油畫放到畫室，留下看家的鈴蘭，再次發動休旅車載著艾莉卡出門。

其實鈴蘭一起出門也沒問題，不過店主還是守住本分，決定要好好工作完這一整天。換句話說她果然很少營業吧，阿樹想著。

「阿樹要去哪呢？」坐在後座的銀髮小女孩晃著小腳，疑惑地發問。

「雖然我很想說祕密……」透過後照鏡看著好奇的艾莉卡，阿樹接著說道，「艾莉卡，我想問妳一件事。」

「嗯？」

此刻在阿樹腦海裡閃過的，是油畫中那對並肩飛翔的青鳥，以及在山頭黎明中露出笑容的小玥。

果然要做出這抉擇還是令他相當猶豫，但早已回不了頭。

「妳想上學看看嗎？」

「上學，阿樹是說在教室裡學習什麼的活動？」是個有點陌生，但也不算不認識的詞彙，至少自己那朦朧的記憶還能告訴她那是什麼。

觀察著猶豫的艾莉卡，阿樹露出了笑容，「妳沒有上過學吧，我帶妳去看看臺灣的校園環境。」

如阿樹所言，行車約半個鐘頭後，他們的銀白休旅車停在了某間地下停車場裡。

阿樹背上隨身小背包，帶著艾莉卡走出停車場，來到附近的校園門口。金屬柵欄雖然關了起來，但警衛室旁的小門還是留了個縫隙讓人進出。

艾莉卡好奇地往內部看去，門內的建築物與穿堂似乎沒幾個人，對此阿樹解釋道。

「這是一所高中喔，就學年齡大概在十五到十八歲間，分成三個年級。現在是七月中旬，因為放暑假的關係，沒什麼學生來學校。臺灣的學生在二月與七月都有長假，七月的暑假長約兩個月。」

「暑假，那就是可以玩兩個月囉？」

對於艾莉卡的感想，露出會心一笑的阿樹走過了警衛室旁的門縫，艾莉卡也跟了上去。

「可以這麼理解，不過暑假可以做的事還是不少的。」

阿樹帶著艾莉卡走過穿堂，當小女孩從琳琅滿目的公告上轉移注意力時，廣闊的操場映入眼簾。

時值傍晚，陽光還很亮的此刻尚有不少人在操場運動，有人繞著跑道在慢跑，也有學生三五成群在打籃球。

「高中課程也有安排體育課，就像這樣讓學生到操場運動。」阿樹一邊解釋著，目光卻瞥向了操場角落的樹蔭之下。

彷彿，看見了記憶中的畫面。

「那位女孩，以前也期望著能像平常人一樣運動吧。」

「阿樹？」注意到阿樹的目光，艾莉卡疑惑地叫了他的名字。

「沒什麼，艾莉卡想運動嗎？我還打算去一個地方。」

「我的小腿還在痠耶，算了。」

既然艾莉卡沒這個意思，阿樹便離開操場，回到教學大樓內。

這間高中看起來已經設立數十年，老舊的教學大樓牆壁有些斑駁，陰暗的樓梯角落也積著灰塵，艾莉卡有種彷彿在探險的興奮感。

在阿樹的帶領下，他們來到三樓的長廊。循著他人告知的記憶，阿樹在三年四班的門牌前站定，轉身走進教室。

本來以為教室門會鎖起來，但或許是正好要辦什麼考試吧，門把一轉就開了。

「這裡就是教室，是學生平常學習的地方。科目有國文英文、理工或者地理歷史等等……高中是最後一個還有固定分班制度的學習階段。同班同學天天在同一間教室上課，也會結交更多朋友。」

艾莉卡開心地四處張望，清點桌椅數量，「有四十多張桌椅耶，一班有這麼多學生嗎？」

「嗯。」

艾莉卡隨便找了張桌子坐在上頭，搖著小腿看著站在黑板邊的阿樹。

「能夠交四十多位朋友好像不錯呢，但我還是比較喜歡到處旅行。」她不好意思說出來，但在艾莉卡的小腦袋裡，再多的朋友也比不上一位真正重視的人，「畢竟阿樹還是需要幫手呀！如果是阿樹來當老師的話，我就考慮一下吧。」

「妳的想法真可愛，」阿樹也忍不住笑了出來，「要當老師沒這麼容吶。不過，妳知道我為什麼要挑『三年四班』嗎？」

「不是隨便挑一間教室嗎？」

阿樹搖了搖頭。在他的示意下，兩人離開了教室，從長廊望著空空的三年四班。

「這是一位我認識的、現在已經升大學的女孩，她高中時最後待的班級。」

「阿樹認識的女生好像很多呢。」艾莉卡似乎有了點競爭意識，但抬頭看向身旁的青年時，他的表情卻相當凝重。

「如妳所說，漂亮的女孩在班上很受歡迎，她也有很多好朋友。其中有位同班的男孩喜歡她，那男孩寫了很多情書，但始終沒將任何一封遞出去。而女孩自知身體不好，就算她對男孩有點好感，也不會接受任何人的心意，這樣下去的話，最終只會變成兩方不了了之的暗戀吧。」

阿樹沉默了片刻，接著說出後來的故事，「他們高二時男孩出了意外離世，那些信透過男孩的姐姐，轉交到了女孩手上。她才終於知道對方也喜歡著自己，可是事情已無可挽回。」

聽著阿樹的描述，艾莉卡心情為此揪緊。

青年轉身趴在水泥砌的女兒牆邊，看著橘黃光芒逐漸落下的校園。

「之後女孩撐過了病情最艱難的階段，順利上了大學。她的身體狀況好轉康復了，但男孩已經不在身邊。她有很多想與男孩一起實現的夢想，於是她接續了男孩的願望繼續寫著信，儘管心意無法傳達給彼方的他。」

艾莉卡微微一愣，她想起了一件事。

不過是幾天前，當他們登上山頭，有位女孩確實拿出了信紙與筆，想將登山過程的艱難與看到黎明的感動寫下。

她的名字——

「阿樹說的那位女孩，就是小玥姐姐嗎……」

「……」阿樹並沒有正面回答艾莉卡，反而靠著牆角坐下，拿出背包裡的寫生本與色鉛筆。

「我想畫張畫，艾莉卡如果覺得無聊的話可以到處走走。」

「阿樹……」

為什麼不告訴我真相呢？因為我是小孩子，擔心我會難過嗎？

艾莉卡隱約明白了，阿樹帶她來這裡，並非只是單純想聊聊學校而已。

他似乎也在思考著什麼，才會親自造訪小玥曾就讀的這所高中。

雖然不懂原因，艾莉卡還是坐到阿樹旁邊，雙手環胸任性地喊道：「我就在旁邊看著你，哪裡都不會去的。」

「哈哈。」

對於倔強的艾莉卡，阿樹彷彿從她身上看到了過去的影子。

如果是她的話，個性也是如此強勢不講理吧。

之後度過了有點漫長的時間。

雖然說著要陪阿樹畫畫，艾莉卡最終還是抵擋不住睡魔，靠著牆壁悄悄睡著了。

「我畫完了，該醒來囉。」

等到耳邊聽到阿樹的聲音，她才迷茫地睜開了紅寶石般的大眼睛。

只見青年沐浴在橘紅的夕陽下，注視著昏黃的校園，不知道他剛剛畫了些什麼。

他的側臉帶著一點不捨，「艾莉卡，這只是假設題。」

艾莉卡努力注視著阿樹的雙眸，想看清他的想法。

從開始旅行至今，她還是無法明白這位色彩小偷在做什麼，或者想改變什麼。

不過，阿樹這次似乎願意對自己敞開一點心門。

「假設命運並非如此安排，男孩沒有出意外、女孩的病沒有康復，但兩人的心意卻能互通，一起度過這最後一段時光。」阿樹看向艾莉卡，似乎想得到什麼回答，「妳……會覺得這樣比較好嗎？」

銀髮小女孩靜靜聽著阿樹的假設，視線轉向了空無一人的教室。

她想像著小玥與自己沒見過的那個男孩在教室裡快樂地交談、一起讀書的場景。

她將雙手交疊在胸口，小聲地說道：「我不知道那樣會不會比較好……不過，如果回到當下，與其因為恐懼悲傷的未來而裹足不前，是不是把握當下的幸福比較好呢？」

聽著艾莉卡的說法，阿樹露出欣慰的笑容，「我也是這麼想的。」

他的目光飄向遠方的夕陽，能隱約看見無數的銀線拉向天際，透明的方塊也飄散在空中。

「這個世界，還是不太公平。」

比起言語，不如將自己的心意寄託於畫作。

阿樹拿起寫生本，翻開那一頁給艾莉卡看。

那是他方才所描繪的，與下午那幅油畫相似的兩隻青鳥。

阿樹輕聲補充道：「下午我回收的那幅畫，是屬於小玥的。我本來打算偷走它，不過在這之前她便願意交出來了，儘管她很喜歡那幅畫。對她來說，畫裡的兩隻小鳥，就像是自己和離去的男孩。小玥交出畫的條件是我必須實現她的請求，跟她一起去爬山，挑戰自身極限。」

小玥是想藉此下定決心，放手這幅畫嗎？艾莉卡並不明白。

在阿樹的畫中，兩隻親密的青鳥正停在教室的窗臺上歇息，教室內部的模樣被簡單的幾筆帶過。

彷彿美好而青澀的時光，還停留在那一刻。

回到臺中市的短暫幾天歇息轉眼便結束了，阿樹和艾莉卡準備再度踏上旅途。

小玥的事情會成為回憶的一小部分，艾莉卡有一點感到寂寞。自從開始旅行後，她很少跟旅途中接觸過的人們再次聯絡。

「不過大家都生活在臺灣……」

臺灣並不大，也沒有什麼不能再見面的理由。

盥洗後換上整套的白色棉質睡衣，艾莉卡拿起放在工作桌上的一本大開尺寸的作品收納畫冊，躺在床上仔細翻閱起來。

裡面是一張張各處風景的素描，那些都是阿樹的傑作。

她回味著這一路的相逢與離別，如果想要的話，阿樹也會把今天畫的兩隻青鳥送給她當作紀念吧。

艾莉卡緩緩翻閱著、回憶著，不清楚自己內心的不安是從何而來。

可以的話，下次跟小玥姐姐聯絡，看看自己能幫上什麼忙吧。

在床上左思右想半天，艾莉卡最終還是抱著畫冊闔上眼睛，沉沉睡去。

她如果在半夜醒過來，原因大多是內急，其他大概就是肚子餓了。

可是艾莉卡這次醒來並非這些原因，只是覺得自己該睜開雙眼。

好像沒有這麼做的話，就會錯過什麼重要的事情……

銀髮小女孩迷迷糊糊地如此想著，揉了揉雙眼，還沒打出一聲哈欠，就看到面前飄浮著一個發光的東西。

艾莉卡定眼一看，是一隻拍打著銀白光粉的蝴蝶。嚴格來說，是只有蝴蝶外型，卻沒有蝴蝶細部特徵的某種生物。

「蝴蝶？」

艾莉卡對突然現身的發光蝴蝶起了興趣，蝴蝶彷彿也回應了她的想法，突然拍打起翅膀，穿透房門往外飛去。

小女孩下了床，跟著蝴蝶離開寢室。先行一步的蝴蝶彷彿在等她，仍然在樓梯轉角逡巡著，老舊屋子的樓梯深處暗得就像吞噬一切的怪物大口。

艾莉卡雖然有點害怕，但想到自己早該長大了，便深呼吸幾口氣，還是跟著蝴蝶爬上樓。

蝴蝶帶著她經過四樓的畫室，艾莉卡好奇地看了一眼林立著畫架的寬敞空間。但蝴蝶並沒有停留，繼續往頂樓振翅而去。

「鐵門沒有關……」

艾莉卡看著頂樓的出入口，感到有些驚訝。

風從門外竄進陰暗的樓梯間。而她猜得沒錯，並非是鈴蘭姐粗心，睡前沒有檢查頂樓的門，是有人從內往外推開的。

證據就是當艾莉卡迎著夜晚的涼風來到天臺時，空曠灰白的頂樓上除了因多年無人造訪而生鏽的遮陽傘座椅，還有一樣東西非常顯眼。

是一幅畫。

那幅畫直立地漂浮在離地不遠的空中，都市夜晚的燈火有些黯淡了，反而凸顯出畫作周圍的異常。

畫作背後有一條銀白的絲線連向了天際，並朝周遭飄散出帶著顏色的半透明方塊，照亮了畫布。

艾莉卡眨了眨眼，她對那條線有印象。那是白天在校園裡看過，有無數光絲連向天空的景象，原來這些絲線是與油畫相連的嗎？

「而且這畫……」

那是下午阿樹提過，從小玥那裡拿回來的油畫。

蝴蝶飛入了兩隻青鳥所在的藍空，艾莉卡小心翼翼地來到油畫前，小手雖然顫抖著，還是努力伸直指尖，嘗試去輕碰油畫的表面。

當碰到青鳥羽毛的瞬間，本來昏暗的頂樓剎那間發生了變化。

艾莉卡嚇得摔倒在地，一時之間她以為自己會不停墜落，轉眼間視線卻豁然開朗，突然身處在一整片明亮的藍色中，周遭還有白色的雲朵飄過。

接觸油畫後，她竟瞬間移動到幾萬呎的高空中！

不過似乎又不是如此，至少一屁股坐倒的她並沒有失去重力，而是有坐在地板上的實感。

臉色煞白的艾莉卡無力地站起，撫著胸口，壓下對高處的恐懼感。畢竟腳底下的藍色彷彿深不見底，她可不敢再往下看了。

現在的感覺與其說在飛翔，更像之前阿樹曾帶她走過，這幾年開始在臺灣山區出現的玻璃橋。

艾莉卡往後一瞧，那幅油畫還飄浮在原地。她試著再碰觸一次，周遭的景色就回復成了原先頂樓的樣貌。

她猶豫著是要回到床上當作沒發生過這件事，還是繼續前進探究。

艾莉卡回想起阿樹溫柔的笑容，雖然並沒有看到本人現身在此，但她有預感這異狀就是他一手造成的。

「我、我才不怕高呢……」

前幾天才攻頂過呢，雖然高度完全不可相比。

顫抖著身子的艾莉卡再次回到畫中，對著在前頭拍翅的蝴蝶喊話。穿過油畫的蝴蝶彷佛也擁有了一點人性，見她不再膽怯，便繼續朝藍天深處飛去。

開展的藍天彷佛無窮無盡，不過那只是視野上的錯覺，艾莉卡發現自己只是跟在蝴蝶身後小跑步而已。

在還沒跑到氣喘吁吁前，她似乎到達了這座高空玻璃橋的盡頭。

道路的末端有一棵巨大的櫟樹，估計比天鵝座書屋的高度還要高。高空中不可能有土壤，但樹的綠葉長得相當茂密，懸在空氣中的根脈向天空四散，形成有些詭異卻又絢麗的景色。

艾莉卡注意到了，就像植物接收陽光般，那些發著光的透明方塊不知道從何處飛來，一顆顆沒入櫟樹的枝葉裡。

她認出這棵樹來了，跟夢中見過的櫟樹很像。明明樹的品種她也分不太出來，但從枝葉的開展與茂密的程度，還有樹幹的表皮特徵等等，她認得出來這就是那棵櫟樹。

不只如此，她也發現了阿樹。他就站在那棵巨大的櫟樹前，抬頭凝視著一切。

然而見到這些熟悉的景色，卻沒有真正消除場景中的詭異氣氛。

原因就在——一臉冷淡的阿樹手上，拿著打火機和裝有不明液體的玻璃瓶，瓶口還塞了長長的布條。

「阿樹……」

艾莉卡只能低聲發出驚呼，身在遠方的阿樹並沒有被驚動，青年繼續著計畫。

他點起了打火機，輕易便引燃了布條。

拿著燃燒彈的阿樹，將火瓶投向那顯眼的目標——面前這棵櫟樹。

沒有多久，整棵樹便成了一團火球。

「啊……」

望著熊熊燃燒的烈火，艾莉卡表情扭曲地跪了下來，雙手掩蓋面容。

她的腦海裡閃過一幕畫面。

劃破空氣的螺旋槳聲，轟炸的聲響與木頭燃燒的哀鳴。

似乎在記憶的深處，她曾見過某棵樹也被這樣慘忍地對待了。

失去記憶的艾莉卡，無法理解自己看到了什麼。但等她回過神，卻發現自己的眼眶已經溼潤，淚水一滴一滴落了下來。

揪心的痛苦幾乎要貫穿心臟，跪倒在地的銀髮小女孩哀慟哭泣。

而默默注視著火光的阿樹，表情始終一臉冷峻。

A Summer
for the Witch

Chapter 8.

[夕陽]

某日清晨。

由打開的車窗朝外看去，是向後快速流逝的街邊景色、看起來沒什麼變化的晴朗藍天，以及濱海公路外波光嶙峋的夏季海洋。

休旅車的副駕駛座上，穿著白裙與無袖上衣的艾莉卡回想起與阿樹一起旅行的這幾年，她在臺灣所看到的四季。

她最有印象的是春季深山部落產業道路旁的粉紅山櫻，勝在隱密又能避開大量的賞花人群；秋季她喜歡倘佯在池上豐收的金黃稻海間，使心靈感到充盈；冬季則喜歡去阿樹友人經營的北部山中民宿，邊泡溫泉邊看著窗外泛起的白霧頗有氣氛。

艾莉卡知道自己不像阿樹會畫畫，但她對於四季的顏色也有自己的偏好與理解。

夏天對她而言是特別的。若要說起對於盛夏的印象，艾莉卡那小小的腦袋並不會有任何遲疑，她果然還是喜歡與高遠蔚藍的天空對應的深邃湛藍大海。

還記得去年跟阿樹一起造訪花蓮的鵝卵石海岸時，她本來想拾取一顆鵝卵石帶回家當紀念品，但在地陪朋友的勸說下，為了保護環境而打消了念頭。不過阿樹畫了張鵝卵石沙灘的素描，代替真正的鵝卵石送給艾莉卡。

阿樹每到一個地方，總會以畫筆留下當地人事物的風景，那些畫她非常喜歡，因此用那本大開畫冊專門收藏起來。

雖然阿樹把這雲遊四海的行動叫做旅行，但他們去每個地方都有著特殊的目的。根據阿樹的說法，等等要去的地方是屏東某處較少人知道的小漁村沙灘與潮間帶。

「我認識一位之前住在臺中的張大哥，前幾年放下本來經營的生意，跟妻子到屏東的小漁村開了間民宿過退休生活。」

聽著阿樹的解釋，開心地望著外頭海洋的艾莉卡問道：「張大哥原本是做什麼生意呀？」

卻只見阿樹一臉難色，思索半天後才支吾著回應：「那個……臺中的『沿岸消波塊買賣』吧……」

總不能對小孩直說是一些「不能攤在陽光下」的生意吧，阿樹不禁責怪自己話太多了。

「嗯？」

看著艾莉卡可愛地歪著頭，阿樹露出一如既往的溫柔笑容，岔開了話題。

「張大哥很好客，之前有好幾次邀請我去他的民宿玩，但我都婉拒了。」

因為是好奇寶寶，艾莉卡總想問個一清二楚：「為什麼？阿樹不喜歡他們嗎？」

對於這個問題，阿樹只是繼續看著前方左彎右拐的濱海公路。

「正好相反。我只是覺得，不該去打擾他們的寧靜生活。」青年的嘴角微微勾起，彷彿有什麼難言之隱。

真是奇怪的想法耶，艾莉卡默默想著。她跟阿樹相反，很喜歡一群人熱熱鬧鬧的感覺。

不過自己果然還是一點都不了解阿樹，自從在天臺上的那晚後就更加不明白了。

銀髮小女孩沒再說什麼，只是繼續凝視窗外平靜的海面。

確實，這裡跟壅塞的都市不同，很適合寧靜的生活。她不由得回想起來，不久前在天鵝座書屋頂樓看到的景象。

飄浮在空中的油畫，油畫裡無限藍天的世界，彷彿扎根於天空的綠樹。以及點燃了火焰，冷淡地凝視那片火海的阿樹。

我呢，也是小偷——但我不偷那些平凡之物。

「那就是不平凡之物嗎……」艾莉卡低語著。那天她在撞見那個場面後趕緊振作了起來，先阿樹一步離開畫中世界，應該沒有被他發現吧。

艾莉卡很想問阿樹，那晚的場景究竟是怎麼一回事。可是她也很清楚，阿樹會擺出溫柔的笑容迴避掉這些問題。

本以為自己能夠無條件信任阿樹與鈴蘭姐姐，但在那晚過後，她被迫開始用小小的腦袋思考阿樹先前都經歷了些什麼事，還有自己為何失憶，以及這個世界的真相。

在這炎炎夏日裡，艾莉卡高漲的煩惱還是沒有得到解答。

不久後，休旅車到達了目的地。那是一片小而精緻的礁岩與少少的沙灘，藏在主要道路旁的一個腹地不大的小漁村裡。

民宿就位在那片小海灘旁的幾條街，店名叫牽牛花小屋，是一棟漆成米色的三層樓建築。米白的牆面正如其名，掛著數串人工的牽牛花裝飾，大門前放著一尊海豚木雕，懸掛在門把上的風鈴隨風擺盪、發出清脆的聲響。

「歡迎啊！」

他們到達時已近中午，當休旅車在民宿旁的空地停下後，迎接兩人的便是事先接到阿樹的電話，已經在門口等候多時的老闆。他穿著一件白衫與短褲，雖然看起來已不年輕，但露出的四肢皆覆著結實黝黑的肌肉。

「午安。不用特別在外面等啦，很不好意思。」阿樹露出有些歉意的表情。

老闆一把就接過阿樹拖著的行李，發出爽朗的笑聲：「哈哈，三催四請才終於來這裡作客，當然要恭候你駕到啦。」

被南臺灣的陽光晒黑的老闆不只身型壯碩，大音量的爽朗笑聲也震動著耳膜，讓艾莉卡嚇了一跳，不自覺就縮到阿樹旁邊。

老闆身邊還有一位穿著連身裙，看起來優雅而美麗的長髮中年女子。

「好久不見了，阿樹。」

阿樹也對一旁的女子打招呼，「您好，身體最近有好一點了嗎？」

女子微微點頭，露出平靜的笑容，「當然，被迫跟著老公來屏東晒太陽，感覺骨頭都要融化了。」

原來他們是夫妻嗎？那這位女子就是張大哥的太太了，艾莉卡思考著。

雖然開玩笑損了自己的老公，但在艾莉卡看來，相視而笑的兩人感情非常好。

禮貌性的招呼後，張太太注意到縮在一旁的艾莉卡，問道：「這位孩子就是……？」

慣用的謊言在這時候再度派上用場，阿樹率先解釋：「電話裡有稍微提過，她叫做艾莉卡，是我的遠房親戚。她在臺灣已經住很多年了，因為放暑假被她的父母塞給我，要我代為照顧一段時間。」

「張伯父和張伯母好。」艾莉卡也禮貌地打了招呼。

「阿樹有外國人親戚呀。艾莉卡的中文說得很好呢，會講臺語嗎？」

「嗚……」被這麼一問，銀髮小女孩縮得更小了。她不是完全不會，不過面對熱情的張大哥，艾莉卡實在有些招架不住。

「別為難人家呀。」

被妻子狠狠瞪了一眼，張大哥只好露出無奈的笑容。

「抱歉呀，不過被叫伯父太老了，艾莉卡一樣叫我張大哥就好啦。」張大哥開心說道。

一旁的妻子倒是露出苦笑，「真是，人就該要服老，不要老提當年勇。」

張太太主動走近了一些，微微彎腰向艾莉卡說話，有小孩子到來讓她很開心。

「妳好，艾莉卡——是歐石楠吧？」

阿樹有些訝異，微微睜大了眼睛，「您知道呀？」

「當然，我以前喜歡花卉。本來也想在民宿種一整面真的牽牛花，不過被老公嫌麻煩了呢。」張太太虧著老公，露出了溫柔的笑容，「有阿樹帶著妳到處玩一定過得很充實，不會感到無聊和寂寞吧。」

艾莉卡聽懂了張太太的弦外之音，用力點了點頭。

歐石楠的花語就是「孤獨」。

因為女子的禮貌與智慧，艾莉卡對她有相當好的第一印象。比起南臺灣毒辣的近午陽光，她更喜歡張太太溫柔如清風的笑容。

在天藍色牆壁的漂亮房間放下行李後，阿樹與艾莉卡先去民宿二樓的餐廳享用精心準備的午餐。

餐廳內牆也以天藍色為基調，有著朝外的一整面玻璃窗，不遠處的海景能在用餐時盡收眼底，非常美麗。

艾莉卡注意到玻璃窗旁的牆上懸掛著某樣物品。是一幅油畫。畫裡描繪的是日出的景色，一位長髮女子屈腿坐在白沙灘上，只見她的背影沐浴在黎明中，充滿了未來與希望。

艾莉卡突然意識到，阿樹一直以來偷的油畫都是這種鼓舞人心的風格。她直覺地猜測這些畫作也許都是同一個人畫的，她不懂畫，但一路看下來也能感覺到某種強烈的個人風格。

這幅就是這次要偷的油畫吧？艾莉卡注意到阿樹的視線同樣也瞥向日出的油畫，他的表情相當複雜。

「那幅畫不錯吧？是一位朋友送的，從我們民宿這裡可看不到日出呀。」張大哥注意到了他們的目光，解釋道。但接著他卻搔了搔頭、一臉歉意，「可惜記不太起來那個朋友是誰了呀……」

「是啊，畫得相當好。」阿樹微笑著回應，笑容裡卻帶著哀傷。

阿樹將目光移回了面前的菜色。有這麼多人在場，艾莉卡只能看著阿樹默默吃起飯來，也不敢多問些什麼。

琳瑯滿目的熱炒放滿了餐桌，雖然有很多海產艾莉卡也叫不出名字，總之搭配一碗又一碗白飯塞入口中，相當順口又開胃。

「這些是老闆煮的嗎？好好吃～」

艾莉卡特別喜歡蛤蜊炒九層塔。彷彿在證明這餐真的很好吃，只顧著吃的她沒注意到有粒米飯黏在了嘴上，阿樹看得有些哭笑不得。

「是我煮的喔。」

小女孩可愛的反應讓張太太露出愉快的笑容，張大哥也開心地說：「艾莉卡喜歡的話可以住久一點啊，這裡很漂亮，就是缺了一點熱鬧。」

他們只打算待兩天一夜。聽到張大哥這番話，阿樹只是默默喝著裝著滿滿海味的鮮湯，但他知道張大哥和張太太是真心的。

接著他露出了惡作劇的笑容調侃艾莉卡，「要是每天都吃這麼豐盛，下次看到妳的時候就會肥到認不出來囉。」

「才不會呢，我會好好運動的。」艾莉卡鼓起臉頰回答。

他們一邊閒聊一邊用餐，度過了愉快的時光。

飯後稍作休息、並做好一些準備後，他們前往了這處小漁村最重要的寶藏之地。

午後的街道上沒什麼人影，路旁椰子樹的枝葉隨風搖曳，有幾位阿伯在樹下閒聊下棋。艾莉卡似乎隱約聽到了清脆的風鈴聲響，那是夏天的聲音。

「哇——」民宿離海濱實在太近了，艾莉卡一站上堤防的階梯，便忍不住迎著海風張開雙手擁抱海洋。

堤防階梯末端連接著一小片沙灘，左右被潮間帶包圍，偏粗的白沙表面散布著一些岩石。不過再多走幾步就能進入帶著漸層藍的海水，清澈海面下的礁岩也清晰可見。

或許就是勝在較少人知道此處，即便正值暑假高峰，造訪的人潮也不多。放眼望去有些釣客在礁岩上釣魚，也有些遊客在體驗潮間帶的潛水。光是獨自坐在沙灘看海也是一種享受，跟擁擠的墾丁沙灘相比，這一片小天地有著自身獨有的美麗。

不過光在旁看著可不過癮，艾莉卡迅速脫下衣服和短裙，露出底下的藍白格紋連身泳裝。這件泳裝是艾莉卡自己挑的，她覺得衣襬的蕾絲裝飾與胸口蝴蝶結的設計很可愛，搭配白皙肌膚與美麗的銀髮，看起來確實像具相當漂亮的洋娃娃。

艾莉卡把衣物丟給阿樹，就衝下階梯去海邊玩水了，幸好她有注意到海灘上的碎石不少，所以有好好穿著拖鞋。

「艾莉卡，下水前先……」愛操心的阿樹注意到另一件事，正當他出聲叫住艾莉卡時——

「要先擦防晒乳喔，不然會晒傷的。」張太太早一步一把拉住了艾莉卡。

「好。」銀髮小女孩眨眨眼，因為來者是張太太，她也不敢鬧彆扭。

張太太拿出背包裡的防晒乳，擠了一些在手上，「我來幫妳擦吧。」

「真不好意思。」阿樹連忙道歉。本來應該要由他照顧小孩的，但張太太只是微笑著說沒關係。在阿樹看來，張太太確實很喜歡艾莉卡。

等艾莉卡好好擦完防晒，並且在阿樹交代下做了暖身操，他又再三提醒小心不要跌倒後，才放她去玩水。

他們一行人都到了沙灘上，沒有換上泳裝的張太太在一旁守望著艾莉卡，阿樹和張大哥則站得又更遠一些。

雖然自己也準備了泳褲，不過看著拍打著海浪歡笑的艾莉卡，阿樹覺得他不下水也沒關係，小孩子純真的笑容就足以撫慰心靈了。

旅行的一路上都是如此，他已經不知被艾莉卡的笑容拯救了多少次。而且——阿樹看著凝視著艾莉卡的張太太，他想多留給她們兩人一點互動的空間。

這時站在阿樹旁的張大哥開口了，「很棒吧，我就是喜歡上了這片海才會決定南下到此定居。」

阿樹點了點頭，「我很敬佩你們，能夠下定決心放下原本擁有的一切。」

張大哥多少有聽出來阿樹是話中有話，不過就算兩人已經認識一段時間，他也不清楚阿樹到底背負著什麼，只知道面前這位看起來有些憨厚老實的青年，似乎總是壓抑著什麼。

所以他只是露出爽朗的笑容，拍了拍阿樹的背，「你也去玩水，盡情享受吧。人面對海洋，心也會跟著開闊起來。」

張大哥一邊說著，表情稍微正經了起來，「我曾經發過誓，如果妻子醒來的話，我會讓她幸福地度過後半生。」

所以他選擇了一條不再追求功成名就，遠離世俗紛擾的道路。

這個決定不容易，但也證明了張大哥有多愛張太太吧，阿樹心想。

阿樹的目光也忍不住望向天際，就算在這近乎臺灣尾端的地方，那拉向天空的無數條絲線與飄浮的方塊仍然清晰可見。

跟阿樹不同，張大哥的目光朝向遠方的妻子和艾莉卡，張太太不知道從何時開始與艾莉卡玩起水來了，兩人正在互相潑水。但他的目光並非在自己的妻子——反而是一旁的小孩子身上。

「雖然還是有些缺憾，不過人生就是如此吧。」像是不想提到某些較為沉重的話題，張大哥再次對阿樹露出笑容，「如果你覺得玩水太無聊的話，肯定會喜歡另一項水上運動。」

「嗯？」阿樹將行程全部交給張大哥安排，也不清楚他有什麼規畫。

讓他們在海邊再玩了一會後，張大哥便將一行人重新集合起來。

「艾莉卡，注意腳邊喔。」張太太對艾莉卡細心提醒，並從自己的背包裡拿出毛巾，把小女孩溼漉漉的頭髮和身子擦乾，避免迎著夏風著涼。

這下我的工作全都被張太太給搶了，阿樹感到暖心之餘還是不太好意思。見艾莉卡他們靠過來，張大哥笑咪咪地問阿樹與艾莉卡：「你們有玩過浮潛嗎？」

「浮潛嗎？曾經在別的地方嘗試過。」回想著以前的片段，阿樹有些懷念。

艾莉卡則看起來一臉困惑，見這一目了然的表情，張大哥笑得可開心了。

「浮潛就是在水面漂浮，只要做好安全防護，就能飽覽水下的美麗世界。我們先回街道上吧，這附近有間我朋友開的潛水用品店，去那幫你們挑選適當的裝備。」

附近的潛水用品店店主是一位穿著白衫和夾腳拖的短髮年輕男子。

阿樹瀏覽著牆上琳琅滿目的潛水衣與護目鏡，店主則熱情地為他們介紹裝備，特別是相當期待潛水的艾莉卡。

「小妹妹是第一次來這裡吧？這附近有個潛水區，水下有很多珊瑚礁和小朋友最喜歡的小丑魚喔，待會可要記得請張大哥帶你們去看看。」

「小丑魚？是尼莫嗎？」艾莉卡有看過那部電影，一聽雙眼都發亮了。

「沒錯喔～」

看著店主與艾莉卡的互動，阿樹順便偷偷問了一旁的張大哥，這才知道他也有潛水教練的證照。

他們花了一些時間挑選裝備，特別是要幫艾莉卡挑選合適的呼吸管面鏡與浮力背心需要不少功夫。一行人中只有張太太沒有要浮潛，她表示會在岸上等候大家。

等剩下三人準備好裝備後，他們便前往潛水區的海邊，被礁岩三面包圍的淺海風平浪靜。張大哥先教阿樹和艾莉卡兩人怎麼穿著浮力背心，戴好呼吸管面鏡，以及一些浮潛的基本技巧。

張大哥注意到阿樹的動作很是熟練，看來挺有經驗的，或許連潛水也試過了吧。

「艾莉卡可以嗎？」

他的注意力便自然轉移到在場唯一的新手身上。艾莉卡雖然不太習慣咬住呼吸管的感覺，不過練習好如何在水裡呼吸後，抬起頭比了個ＯＫ的手勢。

「艾莉卡就在這邊浮潛看看吧，可以再游到外面的區域一些，我會幫忙注意安全。阿樹你不用擔心她，好好享受浮潛吧！」

雖然張大哥豪爽地擔保著，但感覺被小瞧的艾莉卡有點不是滋味。

注意到這點的阿樹拍了拍銀髮小女孩的肩膀，笑著說道：「區區浮潛難不倒艾莉卡喔，上次比游泳我都輸她了呢。」

他們去年夏天去了趟游泳池，艾莉卡當時要求跟阿樹比賽游泳，輸的就是長不大的大人，結果阿樹故意用很彆扭的蛙式比輸了，覺得被戲弄的艾莉卡非常不快。

聽阿樹這麼一說，艾莉卡拔下呼吸管哼了一聲，重新咬住後便不甩兩位大人，埋頭潛入海中。她故意不理會他們在身後的呼喊，以很快的速度往外游去。

不過被阿樹調侃的不愉快，在見到水下世界的一瞬間就散去了。

海裡的面貌讓艾莉卡相當驚豔。

一整片魚群在繽紛的珊瑚礁間穿梭，看起來呆呆笨笨的小海鰻從珊瑚礁裡探出頭，彷彿在注視著海面上的艾莉卡。水母在水面下悠閒地漂浮，艾莉卡最期待的小丑魚穿梭在林立的海扇間，讓她興奮得睜大雙眼對牠們揮揮手。

可惜浮潛離海底的牠們還是有一段距離，這讓艾莉卡有些不甘心。

好想更靠近牠們一點。

好想不被氧氣限制。

好想成為魚。

艾莉卡的小腦袋裡做著不切實際的幻想，她也知道這是不可能的——直到注意到周遭竟漂浮著藍色方塊。

原本以為只存在天空中的方塊，原來海裡也有嗎？

艾莉卡吞了吞口水，直覺促使她伸出手去觸摸周遭的透明方塊。方塊在她的碰觸下發出了幽幽的光芒，有種難以言喻的感覺穿透了全身。她無法用言語形容那種輕盈的感受，有一瞬間好像感覺到海水滲進肌膚裡，她完全溶入了光影浮動的藍色世界中……

艾莉卡憑著直覺，自然而然地脫下了呼吸管面鏡，甚至連浮力背心都脫掉了。

她再次下潛，發現自己的視線依然清晰，而且本該嗆到水的鼻子也沒有感到呼吸困難。艾莉卡又驚又喜，加快了速度直直往海底游去。

氣泡在視線兩側一閃而過，自由徜徉在海中的艾莉卡順利抵達位於海底的珊瑚礁，和那群小丑魚拉近了距離。

而這些水中生物也沒有懼怕這位不速之客，小海鰻探出頭來，各種熱帶魚也圍繞到她身旁，艾莉卡感覺自己彷彿成了童話中的小美人魚。

她仍依稀能看到那些方塊在周遭漂動著。艾莉卡越來越好奇這些方塊的來歷了，天真的她曾以為這是大自然的一部分，但似乎不是如此。

不過這椿美好體驗沒有持續多久，看夠海中生物的艾莉卡仰起頭，正好看到一個人影正快速下潛朝她游來。

張大哥的身材健壯多了，她不會認錯，那是阿樹。

艾莉卡被阿樹拉著上浮後，迎面而來的是青年異常嚴厲的目光。

「妳怎麼把潛水裝備全脫了？要是溺水怎麼辦！」

她想解釋自己在水裡是能夠自由呼吸的，不過看到阿樹責備中帶著擔憂的表情，還是把那些話吞了回去。只能連聲抱歉，「對、對不起……」

阿樹看到艾莉卡面露愧疚的模樣，態度也軟了一半。

趕來的張大哥先是訝異於阿樹剛才的反應速度，接著幫忙出聲緩頰，「看到小丑魚很興奮是正常的，不過還是要注意安全呀！要先尊重海，海才會尊重妳。」

「好……」面對張大哥的諄諄教誨，艾莉卡也只能接受了。

待艾莉卡重新穿戴好潛水裝備，他們之後還是享受了一段愉快的浮潛時光。

不知不覺也到了日落時分。雖然艾莉卡很想再多浮潛一會，不過張大哥看著逐漸沒入海平面的夕陽，拍了拍手引導大家重新在岸邊集合。

「晚餐還要吃烤肉呢！我們該回去準備了。」

「烤肉！」聽到又有好料可以享用，艾莉卡雙眼發亮，只差沒有滴下口水。

至於阿樹則是一臉無奈地說：「你們太寵艾莉卡囉。」

「難得你們來一趟國境最南端，請接受我們的一點心意。」沒想到回應的是一直在岸邊守候眾人的張太太，她用早就準備好的毛巾包裹住艾莉卡，替她擦乾。

「對嘛對嘛。」艾莉卡縮在張太太旁邊幫腔。

阿樹抓了抓頭，湊到艾莉卡面前認真叮囑，「至少不能只負責吃，妳要幫忙生火和烤肉喔，聽到沒有？」

「哼，才不會只顧著吃。」

雖然早些時候艾莉卡這麼說，但是等一行人回民宿沖洗乾淨黏膩的海水，換回常服，爬上民宿的寬闊頂樓準備烤肉後……

「艾莉卡，青椒要不要試試看呢？」

換回原先衣服的艾莉卡正與張太太一同烤肉，實際上是張太太在烤，艾莉卡負責吃的狀態。由於張太太實在太寵艾莉卡了，最後也沒真的讓她負責去烤肉，這讓阿樹始終有點不好意思。

「青、青椒也要吃嗎……」不是說好只有各種牛與豬的烤肉嗎？如同所有討厭蔬菜的孩子，艾莉卡也對那青綠色的怪東西一點好感都沒有。

但張太太早拿著青椒串在鐵網上烤了，艾莉卡終究只能無奈地接受她烤好的青椒。

如果是我要艾莉卡吃青椒的話，她可沒這麼聽話啊。坐在不遠處的阿樹只是瞇起眼，微笑著觀察她們的互動。他可不像艾莉卡那麼貪吃，只是想享受這少有的清閒。

而同樣開心大笑的張大哥則開了一瓶臺灣啤酒，倒滿放在木桌上的兩支酒杯，並將其中一杯推到阿樹前方。

「你會喝酒嗎？」

「偶爾來一杯還是不錯的。」阿樹接過張大哥遞來的酒杯，一飲而盡。

張大哥觀察阿樹一杯酒下肚後臉頰也沒發紅，拍了拍他的肩膀，「哈哈，酒量看起來還行呀，要不要再來一杯？」

「這就不了，艾莉卡最討厭我喝得酒氣熏天。」阿樹微笑著說道，委婉地拒絕張大哥的好意。

將已烤好一段時間的香菇串塞入嘴中，阿樹一邊咀嚼，一邊仰起頭注視天空。

那是在都市絕對看不到的，璀璨而繽紛的星空。

迎著夏夜舒爽的陸風，雖說沒感到醉意，倒是有點懷念起來了。

「我剛到臺灣的那晚，鈴蘭和另一位女孩為了迎接我的到來，也在頂樓辦了烤肉派對。」

「原來你以前不是住在臺灣呀，有些意外。」

對於張大哥的詢問，阿樹點點頭，最後還賣了個關子。

「是來自很遙遠的地方。」阿樹的視線沒有從星空移開，繼續說道，「初來乍到，我對臺灣的一切其實有點陌生，而且記憶也相當混亂。不過那位女孩後來引導著我喜歡上這個地方，也幫我一步步走過迷茫。」

阿樹瞇起眼，嘴角微微勾起，「在烤肉派對的最後，我們坐在頂樓的欄杆邊，她放了很多天燈。那些天燈包含著太多人的願望，但現在我不禁去想……」

青年凝視的虛空中，彷彿還有無數箱庭中的天燈飛向了遠方。

但此刻的現實，除了在遠方始終若隱若現、拉向天空的銀線，以及飄散在空中的方塊，已經沒有魔女能創造箱庭了。

或者說，那已經再也沒有必要了。

「或許，她從沒好好寫下自己的願望。」

如果她真的重視自己的願望，就不會做出這個選擇吧。

阿樹一邊說著，轉而看向了張大哥，「張大哥，你應該認識她！只要認識我和鈴蘭，你應該也認識她！本來是你有求於她，寄望著成為植物人的妻子能早日醒來。」

但不管阿樹的表情與口吻有多麼誠懇，在預料之內，張大哥仍然一臉困惑地搔了搔後腦杓，「歹勢，我真的對這位好女孩沒有印象。」

「不，沒關係的。」阿樹露出諒解的表情，畢竟他早已習慣聽到這樣的回答。

見青年擠出有些沮喪的笑容，張大哥連忙補充，「我好像隱約知道你說的是哪位，也有印象她給予了我們很珍貴的鼓勵，可惜連樣貌都想不起來。對你來說，她果然是生命中很重要的女孩吧？」

對於張大哥的評價，阿樹答道：「我不曉得她是怎麼看待我的，畢竟我們連交往都沒嘗試過，但……」

阿樹抬頭凝視夜空裡的夏季大三角，雙眼比銀月更明亮，沒有半分猶疑，

「我愛她。」

他過於直率的表白感動了張大哥，他又啜一口啤酒，用力拍拍阿樹的肩膀，「哈哈！我就是欣賞你這種坦率的個性！把妹的事可以多問我啊，如果你需要點『門面』，我也能幫忙打理。」

阿樹心想張大哥大概有點醉了。這人黑白兩道通吃，人脈肯定廣得很，年輕時的事蹟大概也很有趣，或者可說是充滿江湖味吧。

阿樹滿想聽聽看的，不過被他那隻大手拍著肩膀，感覺連五臟六腑都在震動了，實在有些哭笑不得。

「阿樹你可不要學他，變成只剩張嘴膨風的男人。」張太太聽到老公這番吹牛，出言吐槽。

「我可不只有嘴能膨風，也能用腹部膨風喔。」張大哥一邊說著，還真的表演起了腹語。

果然是在發酒瘋吧。

看著夫妻兩人對話的逗趣模樣，阿樹突然察覺一旁的艾莉卡頻頻向他使眼色。阿樹看了看她，又看了看她手上端著滿盤的肉片。

「不能浪費食物喔，艾莉卡。」阿樹微笑著說道，貪吃鬼果然遭到報應了。

「才沒有浪費食物呢，不過……哎，阿樹幫我吃一點啦。」艾莉卡睜著水汪汪的緋紅大眼凝視著阿樹，「拜託嘛，吃兩片就好了～」

阿樹拗不過艾莉卡的撒嬌，只好聳了聳肩坐到她旁邊。

她趕快拿起竹筷，夾了片雪花牛肉湊到阿樹嘴邊。

「啊～」

這聲「啊」是艾莉卡發出的。阿樹恭敬不如從命，一口咬下牛肉片。

「嘿，偷襲！」趁著阿樹的嘴巴還沒闔上，艾莉卡露出小惡魔般的笑容，以迅雷不及掩耳的速度夾起一大堆肉，打算一鼓作氣全塞進阿樹嘴裡一勞永逸。

但她的動作還是慢了一步，結果那些肉從阿樹嘴邊掉落，直接落在地板上。

「艾莉卡——」阿樹這下可火大了，他立刻抓住想要逃跑的銀髮小女孩。舉起的拳頭當然不會揍下去，不過該有的懲罰還是不能少，他把指關節壓在艾莉卡的兩側太陽穴上，用力轉呀轉。

「好痛痛痛痛！對不起啦！」

「就說了不要浪費食物啊！」

張太太與張大哥看著打鬧的兩人，忍不住相視一笑。

「有艾莉卡這孩子在，今晚真的熱鬧多了。」

聽到老公這麼說，張太太的臉上一瞬間閃過哀傷的表情，但她很快就將情緒隱藏起來，跟著附和，「是啊。」

看似粗獷實則細心的張大哥輕握住張太太的手。這隻手他已經牽了幾十年，雖然妻子的肌膚不如當年年輕，但人心的溫度，還有想傳達給對方的勇氣不曾改變。

「如果妳想要的話。」張大哥凝視著正在鬥嘴的阿樹與艾莉卡，輕聲說道：「要不要……罷了。」

他終究沒能將話說出口，而回應張大哥的是許久的沉默。

張太太轉而看向遠方閃爍著點點漁火的海面，「我沒辦法放下她。」

因為過去太過美好嗎？正因為回憶存在著，她才想來南臺灣久居，希望能忘掉一切。

張大哥也露出明白的笑容，「果然不只是妳，是我們都還沒做好準備，這話題就此打住吧」

張大哥起身默默往屋內走去。張太太心想自己終究是太過任性了，可是領養小孩……張太太咬了咬牙。不可能再發生從植物人甦醒過來的奇蹟了吧？只是老公的背影看起來是那麼孤單。

沒過多久，張大哥又回到頂樓，手裡提了個裝水的大水桶，另一手則拎著裝滿東西的塑膠袋。

笑容滿面的張大哥走向阿樹和艾莉卡。這兩人不知何時開始玩起了黑白猜，剛好是阿樹剛說出「配」，手正要往右邊移動的瞬間。

哼哼，我怎麼會這麼容易就輸掉呢？這樣想著的艾莉卡自然不會往左邊轉頭……

「艾莉卡，妳的左邊冒出了隻虎斑貓喔。」

「真的？」貓派的艾莉卡一聽，興奮地往左邊看過去——只看到像熊的張大哥，哪裡有貓呀?!

被騙了呀！艾莉卡氣得想衝上前搥打張大哥，不過弱不禁風的自己根本打不贏，所以只好跑去拉阿樹臉頰發洩怨氣。

「哈哈！你們也玩膩黑白猜了吧，要不要換個遊戲？」張大哥說著，從塑膠袋裡拿出一個紙袋。

阿樹看到包裝就明白了，不禁懷念地說：「是仙女棒吧？」

「是啊，本來在想有沒有辦法自己做幾個天燈，不過天燈放出去後不知道會飛去哪，最後又會成為海洋的垃圾。」

張大哥連一點垃圾都不想製造的態度，也令阿樹對他很是尊敬。

「你們各挑一根仙女棒，比賽誰燒得比較久吧。當然輸的那一方，要答應贏的那一方一個要求。」張大哥撕開紙袋，遞到兩人面前。

阿樹沒有多想，隨意挑了一根。

艾莉卡覺得自己被小瞧了，她努力挑選了一根看起來最強的仙女棒，突然有點好奇地問：「張大哥不玩嗎？」

對於小女孩的詢問，張大哥有點難為情，「我年紀也不小啦，你們玩就好。」

「這時候才會承認自己不年輕了啊，那我來參一腳吧。」倒是張太太主動湊上來，她也仔細地挑選紙袋中的仙女棒，最後挑了根看起來頗細的仙女棒。

選最細的？艾莉卡覺得有些奇怪，總之她自己挑了最粗的那根，這下就勝券在握了！

三個人同時點燃了仙女棒，三點閃爍的火光照亮了昏暗的頂樓。

雖然是在比賽，艾莉卡還是興奮地盯著手裡的仙女棒，另一手則努力護著火光，避免被突如其來的風給吹熄。

首先是阿樹隨便拿的仙女棒燒完了。

「阿樹輸了呢，活該～」艾莉卡對他做了個鬼臉。

「是是，希望妳想的懲罰有趣一點呢。」阿樹調侃艾莉卡。

沒過多久便換艾莉卡的仙女棒熄了，「咦？為什麼？」艾莉卡驚訝地喊道，怎麼看都該是自己的仙女棒可以撐最久呀。

最後一個燒完仙女棒的張太太則露出笑容，「這就是所謂『細水長流』呢。」

作為最後贏家的張太太，興味盎然地輪流打量著兩人，思考著要做出什麼要求。她俏皮的模樣讓阿樹感覺這位美麗的中年女子彷彿年輕了好幾歲。

「我的願望是——」女子的嘴角微微勾起，「希望艾莉卡可以在這玩久一點，如果願意留在這裡也沒問題。」

張大哥聞言表情變得有些凝重，而阿樹也是若有所思的模樣。艾莉卡不懂他們表情變化的理由，她只知道張太太特別喜歡照顧她，有這種願望也很合理。

「本來是想這麼說。」張太太話鋒一轉，拍了拍艾莉卡的頭，以那對飽受滄桑卻仍然保持活力與睿智的雙瞳注視著銀髮小女孩，「我的願望，還是希望阿樹和艾莉卡你們能和好呢。畢竟能夠成為親戚並一起旅行，這一定是無可取代的緣分喔。」

在張太太眼中，她看到的不只是一個小孩子，而是無窮的希望與未來。

把剩餘的仙女棒全部燃盡後，時間也不早了。

雖然張大哥說這是他們的工作，但阿樹和艾莉卡還是留下來一起把頂樓的碗筷與垃圾收一收。

結束了一整天的行程，盥洗過後回到房間的艾莉卡，穿著整套的粉色睡衣躺在單人床上。

果然覺得眼皮好重，感覺一閉上眼睛就能馬上睡著。

她還不想睡，不過阿樹洗完澡後便關掉了燈，「早點睡吧，如果妳明天還想多玩一點的話。」

阿樹雖然得知了張太太的願望，還是沒打算在此多留一些時日。

他不改老媽子的個性，又再次催促艾莉卡趕快睡覺。這句話應該要還給你才對，艾莉卡心想，她隱約猜到阿樹打算等自己入睡後行動。

趁著夜深人靜，艾莉卡有些事想跟阿樹聊聊，但該從哪開始呢……

「阿樹，今天下午你不是有看到我拔下呼吸管面鏡，游到海底去看小丑魚嗎？」

「嗯？妳是想學潛水嗎？還是想當龍宮公主？那首先要去找被人欺負的海龜呀。」

「都不是啦。」艾莉卡的床位在落地窗邊，她朝外看著那片灰暗的海面，

「這個世界不是到處都飄著奇怪的方塊嗎？」

就連現在身處的房間中，只要仔細觀察就能發現幾個透明發光的小方塊。因為太常見，有時艾莉卡也會自然地忽略了它們，可是仔細想想……

「下午我突然有股衝動想去碰海中的方塊，然後……覺得自己變成了一條魚，不再像陸地上的動物需要用肺呼吸，才會拔掉呼吸管。」

果不其然阿樹沒有反應，她只能自顧自地說下去：「那些方塊是什麼呢？我也問過其他人，大家都沒辦法解釋。」

對大多數人來說，那些方塊就只是理所當然地充斥在日常之中。艾莉卡也不知道阿樹有沒有答案，不過下午那魔幻的體驗是貨真價實的，並不是夢境。

一如往常，她本來以為阿樹不會回答她。

「那些方塊，是某個人仍存在於世上的證明。」阿樹竟突然開口了，只是音量壓得特別小聲。

「證明……」

「嗯，總有一天妳會明白的，我也不需要說太多。」

銀髮小女孩訝然地翻過身，卻只能看見一團隆起的棉被窩，和其中背對著她的青年。看來他是不會透露更多了。

「我總一天會明白嗎？那可以問另一個問題嗎？」

「……說吧，不過聊太久的話明天會爬不起來喔。」

艾莉卡吞了吞口水，有些猶豫。她想起了與小玥姐姐登山那一次，得知她為何在山頂寫信的原因，還有已無法並肩飛行的青鳥。

真相總會如此殘酷嗎？

「張太太為什麼特別喜歡我？」這是一個莫名其妙的問題，畢竟人與人之間的喜歡不需要任何理由。真正讓稚嫩的她感到奇怪的原因，是剛剛玩仙女棒時阿樹和張大哥的反應，讓她覺得這件事並不單純。

「……」沒想到阿樹卻保持沉默，避而不談。

這讓艾莉卡很不是滋味，她拉高了音量，「我也長大了，為什麼不能像小玥姐姐那次一樣說清楚？」

阿樹很溫柔，雖然常常跟她拌嘴，但艾莉卡知道阿樹從沒有真正對她生過氣，總是用超乎想像的包容與溫暖照顧著她。

他不願說出口，代表她知道了事情的真相恐怕不只會不開心，甚至會難過到不能自已。

沉默了數分鐘後，阿樹才再次開口：「小玥那次是我的疏忽，我不該把負面情緒發洩到妳身上，對不起。」

艾莉卡一聽，眼眶有些泛淚。為什麼只有在這些事情上，你才要用彷彿外人的態度對待我？

「為什麼要道歉？你不信任我嗎……」

最後，阿樹還是沒有回答她。

那是夜更深的時刻。

真正的小偷不會在白天明目張膽地偷竊，而是選在夜深人靜之時。

雖然身體很疲憊，艾莉卡還是努力忍住倦意。她一度期待如果阿樹不會行動就好了，但經過不知多久的等待後，艾莉卡聽到了窸窣動作的聲響。

等聽到房門悄悄關上後，艾莉卡才掀開棉被離開溫暖的床鋪。

她正打算走出房間，沒想到卻有個不速之客擋在面前。那是先前指引她的那些蝴蝶，牠們正圍繞著一個發光的人影。

「咿！」艾莉卡嚇了一大跳，面前是在夢境中見過數次的黑色喪服少女。她竟能超脫夢境，來到現實世界嗎？

「妳怎麼會出現在這裡……」艾莉卡以為自己還在作夢，忍不住捏了捏臉頰。

被蝴蝶環繞的喪服少女不發一語，也看不到面紗下的表情。艾莉卡曾對阿樹說過她不怕鬼，不過實際上見到這疑似鬼魂的存在時，她的雙腿還是抖個不停。

艾莉卡注意到蝴蝶順從地圍繞在少女周圍，難道之前指引著自己的蝴蝶也是她放出來的嗎？

比起奇怪的喪服少女，艾莉卡更想趕快追上阿樹，這份勇氣勝過了對未知的恐懼，促使她邁開步伐。

「我、我要去找阿樹了喔？」她躡手躡腳地繞過一動也不動的喪服少女。

對方似乎被某個關鍵字觸動，艾莉卡背後突然傳來沙啞的嗓音。

「請——妳拯救他。」

哎？

艾莉卡驚訝地轉過身，但早已不見喪服少女的蹤影，只剩飄散在空中的方塊。

這聲音好像在哪聽過，艾莉卡吞了口口水。正確來說並非是在哪聽過，而是對聲音本身有印象……最終她搖了搖頭，決定不再多想。

只管前進就對了，艾莉卡自認這是自己的優點。雖然靜下心思考的話，她也會想著自己到底想要什麼，有沒有幫到阿樹？

這次不需要蝴蝶的指引，艾莉卡很快就來到了二樓的餐廳。

那幅日出與女子的畫作正發著白光，揭示著阿樹的去處。

為何只有阿樹或者她去碰觸油畫時，畫作才會產生變化呢？

普通人碰觸的話不會有任何異狀吧？艾莉卡回想至今看過的無數油畫持有者，沒有印象有任何人提過畫作有什麼特別之處。

阿樹曾說過他是色彩的小偷。艾莉卡有偷偷比較過，油畫世界深處的那棵樹被燒掉後，雖然現實的油畫沒有消失，但顏色會變得比較黯淡。

「這次你又要偷走誰的色彩……」

小小腦袋裡閃過張太太的笑容，艾莉卡果斷地伸出左手手掌貼在油畫上。油畫回應了她，艾莉卡眼前被白光吞沒。

恢復視力後，艾莉卡發現不是身處遼闊彷彿無限延伸的藍空，而是更加深沉昏暗的藍，以及周圍靜靜上升的氣泡。

「海……」

她感覺正處於深海中，可是比起下午浮潛所見到的繽紛海底世界，這片海洋明顯不同。有限的視線內並沒有見到任何生物，雖然能在水中呼吸，可是胸口卻又感到壓迫，彷彿隨時會窒息溺死。這是她最討厭的，深藍抑鬱的海。

艾莉卡仰頭看去，隱隱約約看能見滲入海水中的幾絲光線，不可能往更深處游去，那就只能向上了。

深海中的時間彷彿停滯了，艾莉卡不知道自己朝光源游了多久，在身體還沒感覺到疲憊之前，周圍的藍色開始漸漸變得明亮起來。直到浮出海面，艾莉卡都沒看到海洋中其他生物。

真是寂寞的海洋，她這樣想著，放眼凝視粉紫色的天空——是跟油畫色調一模一樣的黎明。

不遠處是一大片連綿的白沙灘，以及上次見過的、現在扎根在白沙灘上的巨樹。沙灘環境理應是不會有這種灌木生長，看著眼前超現實場景的艾莉卡，發現樹前站著熟悉的身影……

她加快速度往岸邊游去，但阿樹早已做好了準備。

「為什麼要燒掉每幅畫裡的樹?!」

等到艾莉卡氣喘吁吁地來到岸邊時，海邊的樹早已被點燃。火焰將天空映成末日般的血紅黃昏，扭曲的色調讓艾莉卡相當不適，幾乎要吐了出來。

阿樹看見艾莉卡，凝重的表情露出訝異，但他很快就收起情緒，只是冷漠地注視著前方。

「艾莉卡，我跟妳提過吧?我是偷『色彩』的小偷。」

這過於含糊的解釋，艾莉卡可聽不懂，「偷色彩跟燒掉樹有什麼關係?而且為什麼畫中還有別的世界?太多太多的祕密，我一點都不明白啊……」

記憶模糊的艾莉卡對這個世界實在有太多疑問了。

那些飄動的方塊，那位從夢境來到現實的喪服女子，畫中的世界——乃至阿樹與她的旅行，究竟迎接兩人的終點會是什麼？

長年旅途累積下來的疑問與壓抑，終於在這一刻爆發出來。艾莉卡猛地上前，踮腳一把抓住阿樹的領口。

「鈴蘭姐姐說過，只要我陪在你們身邊，對你們來說就是無可取代的寶物。聽到她那樣說我很開心，雖然記憶很模糊，但我知道你們是我最重要的家人。我很喜歡鈴蘭姐姐和阿樹，最喜歡了……」

說著說著，眼淚從女孩的臉頰滑落，「所以能不能不要再隱瞞了呢？阿樹為什麼要旅行？為什麼要與這麼多的人與油畫相遇，最後再燒掉畫中的樹呢？」明明看起來是那麼的痛苦啊。

對於艾莉卡哽咽的詢問，阿樹最終也只能心軟。他露出無奈的溫柔笑容，拍了拍銀髮小女孩的頭。

「這裡不是油畫裡的世界，是被稱為『深層箱庭』的地方。套句『她』的比喻，就像是俄羅斯娃娃，越裡面的娃娃越接近核心，越接近箱庭的『真實』。」

「箱庭……」艾莉卡聽不懂，但這個詞彙卻在她的心池激起極大的漣漪。她不明白情緒突然激動起來的緣由，只能錯愕地捂住胸口。

阿樹看著這樣的艾莉卡，繼續輕聲解釋。

「現在的臺灣，被一位魔女改造成了一個巨大的『箱庭』。箱庭這個詞彙源自日本的山水盆景，那位魔女很是喜歡，因此自稱為『箱庭魔女』。我後來才明白，其實這暗示了她魔法的性質。」

艾莉卡有些愣住了。因為說著這些過往的阿樹，表情看起來相當開心。

「所以天空才會有絲線，日常處處能看見方塊。那些方塊重塑了既定的世界，為這座島嶼帶來許多奇蹟……」阿樹話鋒一轉，臉色變得沉重，「但所謂的奇蹟，背後有著對應的代價。就像妳知道的小玥，還有張太太。妳覺得張太太為什麼特別喜歡艾莉卡妳呢？」

「我……」

阿樹也心想是瞞不住了，與其讓艾莉卡胡思亂想，不如乾脆說出口。

「張太太她喜歡小孩子，卻沒辦法擁有自己的小孩。十多年前，她遭遇了一場嚴重的交通事故，直到前幾年才從植物人的狀態甦醒過來。」

「怎麼會……」艾莉卡睜大眼睛。她無法想像看起來溫柔而慈愛的中年女子，竟有過這麼殘酷的經歷。

「可是她的身體因此變得無法再懷孕了，所以她才那麼喜歡艾莉卡。看到妳健康的樣子，會讓她想起曾經有過的美好。」

曾經有過的美好……

為什麼會是曾經有過的美好呢？艾莉卡覺得阿樹的描述有些奇怪。結合了前面所說的魔女箱庭，敏銳的艾莉卡找到了其中的關聯性。

「燒掉樹是不是會影響你說的箱庭？」

阿樹點了點頭，不但沒有否認，還多做了說明：「那位魔女送了很多禮物給她欣賞的人們，也就是妳見到的那些魔女的油畫。」

艾莉卡順著阿樹的視線看向前方，眼前的樹將被燒盡。

「這些魔女的油畫是這個巨大箱庭的根本，畫中的樹木作為魔女巫術的觸媒，利用集合起來的方塊來展現奇蹟。所以我要偷回色彩，讓世界回歸原本的樣貌。」

雖然阿樹這麼解釋，但艾莉卡還是感到不安。如果是要讓世界回到原本的樣貌，那阿樹就該是英雄吧？她看過好多英雄電影都是這麼演的。

但為什麼阿樹燒樹時會如此難受？

為什麼說現在的臺灣，是已經迎來無數奇蹟的世界？

艾莉卡無法想通這些疑問，但她在旅途中也認識了很多人，包括此處的張大哥與張太太。

「把箱庭破壞掉，張太太就能擁有小孩了嗎？」她想問的，自然是與身邊之人直接相關的真實。

火焰燃盡。阿樹神情複雜地看著化成一團灰燼的樹。

「是啊。」他只是輕描淡寫，不帶任何情緒地回應。

雖不帶情感，語氣卻相當堅定。

隔天在這座濱海小鎮享受了水上活動後，他們於傍晚準備再次踏上旅程。

艾莉卡看著夕陽將要落下的海面，想起昨晚在畫中見到的景色。

張大哥和張太太雖然依依不捨，不過體諒阿樹想離開的強烈意念，也不再多做挽留。

「希望你們以後可以常來呀！先不說陪我們夫妻倆，也多來看看這片海洋吧。」

他們在停車場最後一次道別，張大哥以爽朗的表情對車上的兩人說道。

「我會再來的，這兩天謝謝你們了。」駕駛座的阿樹打開車窗對兩人微笑道別。

張太太拿出一個紙盒，交給副駕駛座的艾莉卡，「我烤了桂圓蛋糕，路途上和阿樹分著吃吧。」

「哇，謝謝姐姐～」

艾莉卡最喜歡甜點了，這聲甜蜜的姐姐也讓張太太露出開心的笑容。但那笑容也帶著幾許懷念，「我很擅長做桂圓蛋糕喔，畢竟……以前女兒也喜歡吃呢，如果沒遇到那場意外……」

剎時間艾莉卡明白了，當初張太太那些舉動，還有阿樹沒有好好說清楚的部分。

原來他們曾有一位小孩，卻不幸遭遇意外……

張大哥拍了拍妻子的肩膀，以無聲的動作表達安慰與鼓勵。

艾莉卡從這對夫妻身上，看到了家人間的深刻羈絆。

最後張太太又一次發出未來的邀請，「艾莉卡，我們都把妳當作自己的小孩，如果哪天有空，歡迎再來這裡玩喔！」

「好～」

依依不捨地互相再說再見後，阿樹對兩人點了點頭，休旅車正式發動了。

直到車子遠離前，艾莉卡都不斷回頭注視著張太太他們。

或許是過於不捨，她注意到一件事——張太太在夕陽下似乎變得有些透明，很多方塊不斷從她的身體剝落。

他們沿著濱海公路直行。艾莉卡注視著外頭即將要沉入海面的夕陽，拿出桂圓蛋糕咬了一口。

她不只還沒能從這次的別離中平復情緒，也在思考著昨晚從阿樹口中聽到的「真實」。

思考著箱庭真正涵義的艾莉卡，想起阿樹說過的那句話。

但所謂的奇蹟，背後有著對應的代價。

代價是什麼呢？世界的原貌又是……

艾莉卡想著想著，仍舊敗給了睡魔，點著頭睡著了。

望著副駕駛座的銀髮小女孩，阿樹露出無奈的笑容。

「對不起，還是不能告訴妳真相。」

造成孩子離世和張太太昏迷的交通事故，其實是同一起。

在那個艾莉卡不知道的原版世界中，張太太雖然成為了植物人，但張大哥還有那個孩子陪在身旁。不過在原本的世界跟張大哥不熟的阿樹，也沒有跟那孩子見過面。

然而如今的世界……

有了此刻，卻不再有未來了。

喃喃自語的阿樹，不由得有些感傷。

這真的是妳期望的箱庭嗎？

無論如何，阿樹的心意已決。他要讓這世界回復原本的色彩，捨棄不該存在的此刻。

這其中也包括了——阿樹望著副駕駛座的艾莉卡，露出了一抹溫柔卻有所覺悟的笑容。

A Summer
for the Witch

Chapter 9.

[夏日祭典]

告別了美麗的南臺灣海灣，阿樹帶著艾莉卡啟程向北，他們先在高雄的平價旅店過夜，之後花了一天在這座港都到處走走。

去過旗津與駁二特區，在高雄消磨一整天後，沒有感到特別疲憊的阿樹繼續驅車北上，開上了國道高速公路。

艾莉卡覺得阿樹的體力非常好，是什麼樣的經歷支撐著他的意志呢？是那位箱庭魔女嗎……

總是敵不過睡魔侵襲的小女孩闔上了雙眼，等再被阿樹叫醒時，只見車子已經停妥。

停車場中停了不少車，人群在建築物周圍來來去去，還有些恍惚的艾莉卡聽到阿樹笑咪咪地詢問。

「我們在休息站休息一下。妳要不要下車走走，上個洗手間？」

「好呀。」確實有一點急了，銀髮小女孩下了車便直奔大排長龍的洗手間。

從洗手間出來洗好手後，艾莉卡順便伸了伸懶腰，朝四處張望，卻沒有看到阿樹的人影。這座休息站不算小，四處閒逛的艾莉卡看到不遠處的山坡上立著一塊寫有「LAMUNGAN」字樣的白色招牌。

LAMUNGAN？艾莉卡歪著頭，她不知道這個字是什麼意思，只好轉而眺望昏暗的天空。

她向來不知道阿樹的目標在哪裡，只是跟隨他的想法前進。但經歷過這幾次的衝突後，天真的艾莉卡不免開始思考這樣是對的嗎？

如果自己真的重視阿樹和鈴蘭，是不是更該把自己的想法與疑問說清楚。

當阿樹提著購物袋從遠處走近時，他看到了表情有些緊張的艾莉卡。

他沒有過問，只是領著小女孩回到車上，拿出袋子裡裝有茶葉蛋的塑膠袋。

「我買了茶葉蛋，免得妳太餓肚子叫個不停。」

……雖然艾莉卡沒有說，但五臟廟確實已經在抗議沒有供奉晚餐了。阿樹這種體貼的小地方有時令她有些難為情。

「妳剛剛在看山坡上寫著『LAMUNGAN』的招牌對吧？」

「那是什麼意思？」

面對好奇寶寶艾莉卡的詢問，阿樹做出解釋。

「以前我有問過休息站的工作人員，LAMUNGAN 的意思是沼澤與被包圍的地方。這個南投休息站是布農族遺址，剛好在山脈間的最低點，也有一說 LAMUNGAN 是指布農族與平埔族的交界之處。」

聽得津津有味的艾莉卡點點頭，阿樹繼續笑著說：「等等我們在南投市區吃個飯，就繼續往北開吧。」

看著阿樹平靜的表情，艾莉卡小心翼翼地開口：「接下來要去哪裡呢？」

阿樹把茶葉蛋剝好，遞給身旁的艾莉卡。

「在苗栗有一座全臺灣保存最完整的稻荷神社。我想去拜訪一位老朋友，偷走祂的色彩。」反正也沒有隱瞞的必要了，阿樹把目標講得清清楚楚。

「又要進入魔女的畫作中，然後燒掉樹嗎……」

艾莉卡內心的陰霾始終揮之不去，而且她也忘不掉那位喪服少女的請求。

請——妳拯救他。

阿樹只是望著看起來有些失落的銀髮小女孩，露出溫柔的笑容。

他拍了拍艾莉卡的頭，「如果艾莉卡想要的話，妳之後可以留在天鵝座書屋，多陪陪鈴蘭。」

「咦？」

對著訝然的艾莉卡，阿樹解釋道：「前幾天已經告訴過妳，我真正在做的事情是什麼了。」

他看著車窗外來往的人群。

不管這世界受到箱庭之力多大的影響，表面上，人們仍持續經歷著自己的人生故事。人的悲歡苦樂，都應該由自己承擔，而不是被眷戀人類的魔女所操控。

「旅行是快樂的，可以結識新朋友，也會見識更多事物。不過……」

話鋒一轉，阿樹感慨地說道：「我在旅行中所做的是非常自私的行為，不是為了變成箱庭的臺灣，也不是為了魔女。所以如果艾莉卡覺得不能接受的話，中途退出也沒關係。」

聽著阿樹的告解，艾莉卡心裡一陣茫然。

不是這樣的，內心有某個聲音告訴著她。銀髮小女孩咬緊牙根，暗自握緊拳頭。

她垂下頭，藏起自己的表情，「……我不會退出的。我要陪在阿樹身邊，見證世界的最後。」

現在的艾莉卡無法理清混亂的思緒，但在這種狀況下還能說出口的，也只有最真實的心情了。

阿樹微微一愣，露出了然的表情，「那就這樣吧！吃完晚餐就繼續往苗栗囉。」

說完，他轉動鑰匙發動休旅車，內心卻有著截然不同的想法。想讓艾莉卡在這裡休息一下，確實是自己的私心。他有預感在下個目的地，或許會迎來意想不到的衝突……

回想著中午吃飯時確認過的天氣預報，阿樹看向外頭晴朗無雲的夜空——真正的風暴就要來臨了。

在南投市區用過晚餐後，阿樹駛上了國道。

七點後才上國道的他們，到達苗栗時已是晚間九點。

休旅車穿梭在鄉下的田野間，昏暗道路兩旁的路燈聚集著趨光性的昆蟲，行道樹的枝葉隨著夏風搖擺，引擎聲間夾雜著蟬鳴與蛙叫，這是在臺灣隨處可見的夏日鄉間景致。

在艾莉卡努力撐著不要睡著，頻頻點頭之際，銀白休旅車終於到達了此次的目的地，那是間坐落在鄉下火車站附近的民宿。

「到了喔，我們今晚就住這邊。」

這一趟旅途，除了應急時睡車上或睡袋，大多都在各式各樣的旅店與民宿過夜。眼前這棟別緻的房子讓艾莉卡想起張大哥和張太太的牽牛花小屋。

阿樹與艾莉卡提著行李走進民宿寬敞的大廳。阿樹向早在櫃檯等候多時的年輕老闆打招呼，「林大哥，好久不見了。」

「歡迎你們！阿樹你之前明明很常來呢，這幾年都去哪寫生了？」

這位戴著眼鏡的老闆跟張大哥不同，看起來纖細斯文很多。不過在艾莉卡看來，兩人同樣熱情好客，這或許是做旅遊業必備的交際手腕。

「哪都沒去了呀。出國的次數也少了，因為暑假都要陪這位遠房親戚到處認識臺灣。」

出國？阿樹之前去過其他國家嗎？艾莉卡豎起耳朵，她聽到一個很新奇的詞彙，從有記憶起，她就被阿樹帶著在這座島嶼到處跑，還沒有踏出國門半步。

兩位大人的話題很快就轉移到這位小嬌客身上。

「是叫艾莉卡對吧？你電話裡提到的小女孩。」

「艾莉卡，跟林大哥打聲招呼吧。」

成為焦點的艾莉卡有點害羞，連忙躲到阿樹背後，從後方探出頭，「你、你好。」

老闆露出溫柔的笑容誇獎道：「我常接待外國客人，這頭銀白色的漂亮頭髮，在外國人中也很少見呢。」

「她是挪威人喔，艾莉卡要不要說幾句秀一下？」

不怎麼會講呀。不知為何，從她有記憶開始就對中文比較熟悉。雖然對挪威語也有印象，但太過緊張一時間不知道該講什麼才好。

被阿樹挖坑的艾莉卡氣得臉頰鼓鼓，不過既然被問到了……

「汝、汝好。」結果竟然講出了臺語。

這逗得民宿老闆相當開心，他走出櫃檯彎下腰來，禮貌地向艾莉卡伸出手，「臺語很標準呢。汝好，食飽未？」

艾莉卡知道那句「食飽未」並非字面上問有沒有吃過飯的意思，而是關心與問候的表現。

艾莉卡對陌生人比較有警戒心，不過她仍然伸出手回應了民宿老闆。

「嗯，我跟著阿樹過得很開心。」

阿樹拍了拍她的頭，溫柔地說道：「看吧，她很融入這裡的生活呢。」

民宿老闆聞言露出笑容，「阿樹是個有趣的人，跟著他確實能學到很多。」但接著表情卻變得有些憂慮，「你們原本是挑了個好時機來這裡，可惜了……」

「好時機？」艾莉卡好奇地詢問。

老闆繼續解釋道：「這裡有座全臺灣保存最完整的神社，是比桃園神社更完整的稻荷神社。這幾年大家開始學日本舉辦夏季祭典，今年的祭典就在後天，這幾天訂房率可是到達高峰呢。」

「夏季祭典！」聽到竟然有祭典，艾莉卡的眼睛一亮。她無聊時會用阿樹的手機看日本動畫，說到夏季祭典就是戀愛、浴衣與花火了吧！

不過，老闆大哥話鋒一轉、尷尬地說道：「很遺憾，明天晚上颱風會從花蓮東方海面登陸，路徑預計是穿心颱。我們跟鄉公所討論多日後，為了安全決定取消祭典，當然煙火也不放了。」

艾莉卡一時之間沒有反應過來，遲了片刻才睜大眼睛，「沒有祭典了嗎？沒有花火了嗎？」

「很可惜，是的。」

那還來這裡幹嘛啊！看著銀髮小女孩顯而易見的表情，阿樹只是賠笑著說道：「有問過妳要不要留在臺中了喔。妳沒看新聞嗎？」

發覺被擺了一道的艾莉卡有些騎虎難下。就算待在安全的屋內，她還是很討厭颱風天淒厲的風雨聲。

林大哥愉快地看著兩人的互動，接著說道：「說起來，阿樹為何在這時來苗栗？」

「颱風前會有很漂亮的景色可以畫下來，還要謝謝林大哥願意接待我們。」

「不會啦，颱風也讓我虧了不少，你願意來我可感謝了。颱風天民宿會提供吃喝，但可沒有什麼娛樂喔。」

「如果有其他房客的話，要不來摸幾把麻將？」阿樹提議道。

「不錯的建議！艾莉卡有玩過嗎？要不要試試看？」

對於民宿老闆的詢問，艾莉卡直接不快地大聲回應：「才不玩！我最討厭喝酒又賭博的阿樹了！」

「哈哈。」阿樹笑得可舒暢了。他的視線投向面前的民宿牆壁，雙眼微微瞇起。那是相當感慨的神色。

「話說回來，這裡有位我一直很想再見一面的老朋友。」

順著阿樹的目光，艾莉卡才注意到牆上掛著一幅裱著木框的畫作。

那是一幅用色鉛筆描繪，隱藏在樹林中的清幽神社。

畫中的鳥居前有兩座狐狸石像，艾莉卡意識到，這就是苗栗的稻荷神社。

這就是阿樹要偷的魔女畫作嗎？

艾莉卡思考著。沒想到這次的畫作不是油畫，不過筆觸跟先前看過的作品很像，確實是同一個人畫的。

民宿老闆注意到兩人的目光，好奇地問：「你想見的是送我這幅畫的人？」

「不是，不過某種意義上沒錯。」阿樹回答。

林大哥的表情充滿歉意，「抱歉，這張畫明明畫得很好，我才會把它掛在這裡，但偏偏又記不起來是誰送的。」

「沒關係，我也有在畫畫，所以很能明白。畫家本身不需要被人記住，至少我覺得自己的作品能夠被人欣賞就很好了。」

阿樹勾起嘴角，搭住艾莉卡的肩膀，「好了，我們趕快去房間放行李，好好洗個澡休息吧。」

幾個小時候，艾莉卡躺在柔軟的床上，看著窗外的街景。

旅店的房間通常都有窗景，她很喜歡躺在床上凝視外頭的景致。

每次看著窗外景色時，她總會有種四處漂泊的空虛感。看起來很堅強的阿樹，是不是也會有這種孤獨的感受呢？

這裡是火車站附近的寧靜街區，加上颱風即將登陸，夜空中有種山雨欲來的氣息。

阿樹直接關了燈，一整天的奔波下來他們確實也累了。

觀察著在隔壁床躺平的青年，艾莉卡忍不住問道：「阿樹，你不會今晚就去燒樹吧？」

阿樹燒樹時的神情，彷彿是在殺死自己。艾莉卡很是不安，語氣也帶著擔憂。

「不會喔，妳放心睡吧。」小偷如此保證了，但也注意到艾莉卡懷疑的表情，「安心吧，我不會騙妳。」

「阿樹不會騙我，只是不把事情說清楚。」

阿樹笑了，「在見到那位『老朋友』前，我不打算有任何行動，所以我們大概會在苗栗住上好一段時間。」

艾莉卡越來越好奇阿樹口中的那位老朋友了。她知道阿樹的人脈很廣，不過這位是少數、恐怕還是唯一阿樹無法聯繫的友人。

「這次魔女的畫作，不是跟林大哥有關嗎？」

對於艾莉卡理所當然的想法，阿樹的表情有些複雜，「這次的狀況比較特殊，神社的寫生畫只是被寄放在民宿而已。」

阿樹凝視著一片白的天花板，思緒飄得老遠。腦海裡迴盪著的，都是那位老朋友的身影，「真正跟這幅畫有關的人，並不是林大哥。」

這夜沉沉睡去的兩人確實沒有任何行動。

不過，這幅魔女的畫作其實被某種不屬於人的存在關注著。

深夜，在昏暗的民宿大廳裡，有一道嬌小、散發金黃光芒的身影穿過大門。暖黃的光芒勾勒出小動物的外型，有著尖尖的耳朵、細長的身體與長而蓬鬆的尾巴。模糊的光影跳上了民宿的櫃檯，注視著牆壁上的神社寫生。

在阿樹踏上這片土地的那一刻，祂就感應到了。祂能做的就是在搶在阿樹之前，保護這幅畫作。祂凝視著畫中的神社，回想那些過往雲煙的美好往事。

最後，祂做了一個決定——

隔天，阿樹起了個大清早。

看著把棉被踢到地上、睡相不好的銀髮小女孩，阿樹貼心地將棉被撿起蓋回去。

隨後青年來到一樓的大廳，本來是想跟林大哥打個招呼……

大概是因為沒什麼客人，老闆似乎還沒起床。

本來懸掛在牆上的魔女畫作，經過一晚已不見蹤影。

阿樹忍不住露出了苦笑，「這個狀況，真是意料之外啊。」

他多麼希望，那位老朋友能親口告訴他真相。

過了幾個小時後，換艾莉卡醒來了。她換上細肩帶的連身白洋裝，來到一樓準備享用早點。

睡眼惺忪、還沒完全醒來的艾莉卡與阿樹吃早點時，也聽到了這個消息。

「那張神社的寫生畫不見了？」精神瞬間就來了，艾莉卡愣愣地看著那面此刻空無一物的牆壁。

正在整理早餐自助吧的民宿老闆，對於畫作遭竊卻沒什麼意外的表情。

「呵呵，看樣子是遇到神隱了吧。」

這詞不是這樣用吧。據艾莉卡所知，「神隱」是日語指村民迷失在山中、被神怪帶走之意，應該不是指物品的消失。

「以前也有過畫作失竊，不過沒過幾天突然就回到原本的位置的事情，好像失竊不曾發生過一樣。」林大哥湊到他們身邊，神祕兮兮地說道，「為了預防竊賊再次光顧，我在大廳裝了監視器，你們知道我看到了什麼嗎？這畫果然是被神明偷走的呀。」林大哥留下不知所云的答案，就笑咪咪地離開了。

艾莉卡看向對面的阿樹，「阿樹，畫真的是被神偷走的嗎？」

「早餐吃這麼多，可是會吃不下午餐喔。」阿樹故意岔開了話題，這讓艾莉卡相當不是滋味。

「阿樹要去找那位神明討回來嗎？」

到底是什麼神會做這種奇怪的惡作劇？艾莉卡一時想不出來，難道真的是這裡的稻荷神社什麼的……

與煩心的銀髮小女孩不同，青年仍老神在在地吃著早餐，「不急，不如說急也沒用，神明沒這麼容易見到吧。」

他嘴裡說得輕鬆，表情倒是若有所思。

早餐後，阿樹帶著艾莉卡到附近的租車店，租了一臺小型機車，用這代步工具載著她到處跑。

他們先在火車站附近的老街閒晃，雖然因為颱風少了很多遊客，不過兩側的店家還是都有營業。艾莉卡發現這條老街跟臺灣其他地方不太一樣，整潔的拱廊、紅燈籠以及中日文夾雜的招牌，讓她一度懷疑自己置身在何處。

「稻荷神社是這裡重要的景點，為了促進觀光，他們參考日本的建築，弄了條拱廊商店街。」在旁的阿樹解釋道。

「原來如此。」

艾莉卡點點頭，阿樹則是喃喃自語著。

「這裡原本是個安靜的地方……」

艾莉卡沒聽見阿樹低聲說的話，她注意到一個有趣的攤位。攤位的架子上插滿竹籤，竹籤上有著精緻的卡通人物或動物圖形，旁邊有位老伯正在顧攤。艾莉卡走近一看，發現這些圖形都是充滿光澤的琥珀色，看起來晶瑩剔透。

「小妹妹，妳是外國人嗎？」老伯和藹地問道。面對陌生人的搭話，艾莉卡又忍不住有些退縮。

幸好阿樹即時跟在後面過來，搭住艾莉卡的肩膀問道：「老伯伯，這是畫糖吧？」

阿樹向艾莉卡解釋：「老伯伯會將麥芽糖倒在銅板上，用鏟子去勾勒出這些圖形。這是很厲害的傳統技藝喔，可惜這幾年逐漸沒落了。」

阿樹很能體會這其中的辛酸，畢竟他也曾是古老過去的一部分。早已被所有人遺忘，唯有那一位魔女將他放在心底。

看著語氣誠懇的阿樹，老伯露出了慈祥的笑容，「跟妳哥哥說得差不多，我能做幾年就算幾年啦，哈哈。」

哥、哥哥！雖然老伯伯只是隨口講講，不過這個親暱的稱呼讓艾莉卡有些害羞。

「老闆，就來兩份大的吧。」阿樹說道。

「小妹妹和妳的哥哥，你們想要什麼形狀？」

艾莉卡看了看阿樹，「我想要金魚，阿樹呢？」

「這個嘛……」阿樹搔了搔頭，露出苦笑，「那就來隻小狐狸吧。」

老伯煮融糖水，將琥珀色的糖水淋在銅板上，迅速拿起鏟子勾勒外型，這身工藝看得艾莉卡睜大雙眼、目不轉睛。

作品很快就相繼完成了，老伯將兩份畫糖交給他們。阿樹付錢時也不忘鼓勵老伯，希望他繼續經營下去。

艾莉卡一路上盯著金魚麥芽糖，老伯的作工精細，實在很捨不得吃下去。

「喜歡的話之後還能再去喔，反正短時間走不了。」阿樹笑著說道，將自己的小狐狸麥芽糖湊到嘴邊一口咬下，先吞下的部分正好是小狐狸的頭部。

「啊啊啊啊，頭被吃掉了！」看著缺了頭的小狐狸，艾莉卡滿臉控訴。

不過阿樹可沒想那麼多。途經另一個攤位時，他買了頂遮陽草帽戴在艾莉卡頭上，「食物本來就是用來吃掉的喔。這頂尺寸適合嗎？今天天氣正熱，妳還是戴頂帽子吧。」

「嗚……」雖然艾莉卡對阿樹的粗神經有些不滿意，不過收到青年的關心時，銀髮小女孩還是有些羞怯。

之後阿樹表示想去其他地方繞繞。因為攜帶不方便，艾莉卡還是依依不捨地把金魚麥芽糖吃掉了。

颱風造訪的前夕，雲朵彷彿都被海面上的颱風吸走，青空顯得更高更遠，天氣也跟著更加悶熱了。艾莉卡很喜歡眼前這片田園景色，有剛休耕的荒地，也有插了一整排秧苗的水田。水面映照天空的湛藍，幾隻白鷺鷥在天際拍翅飛行，令人心情舒暢。

他們在路邊一棵茂密的行道樹下停下，阿樹心想除了蚊子多，樹下算是不錯的蔭涼地點。幫艾莉卡塗了些防蚊液後，阿樹拿出素描本和繪畫工具，打開摺疊椅準備作畫。

「這次要用色鉛筆嗎？」艾莉卡不是沒見過色鉛筆，還是覺得很新奇。

阿樹點了點頭，隨手拿了支色鉛筆夾在耳後，環視周遭的景色說道：「不同的作畫工具有不同的畫法，呈現出的風格也不太一樣。我想用色鉛筆描繪這裡的景色。」

雖然是任性之詞，但色鉛筆讓他能懷念那過於短暫的一個月。

「艾莉卡覺得無聊的話，可以玩手機遊戲，我想畫到中午再回火車站那邊吃飯。」

艾莉卡卻搖了搖頭，「等到真的無聊時，我會在樹下打盹的。在那之前，我想看阿樹畫畫。」

我喜歡你認真畫畫的模樣……儘管最後這句話沒說出口，小女孩還是有些害羞地臉頰泛紅。

阿樹會心一笑，開始作畫。

一小時後，銀髮小女孩果然還是感到睏倦了，於是靠在樹下閉眼休息。

阿樹結束了一個階段的繪圖，用手背擦掉額頭上的汗水，拿出運動飲料補充水分。

他看著在樹下熟睡的艾莉卡，嘴角自然地勾起，但蘊含的心情不單是愉快，也有著感慨。

「妳以前畫樹下的我時，是什麼樣的心情呢？」懷念那已不可追回的一個月，阿樹心中有些苦澀。

他不想在艾莉卡面前表現出脆弱的一面，但隨著時間過去，艾莉卡必定會知曉更多的事物，也會更加接近真相。他確實也想問箱庭魔女，妳那時是因我的重生而喜悅，還是因即將到來的別離而感傷？

雖然等到與真正的魔女重逢後，這問題也不重要了。人與人之間只要有重逢，必然會有分別的時刻。

而此刻的阿樹，只能看著寫生本上的田野與遠方的山景，想著另一件或許更重要的事情。本來想說在這畫畫祂或許就會悄悄現身了，小狐狸為什麼不願意再見他一面呢？

「畫得如何？」沒過多久，艾莉卡悠悠轉醒。

阿樹收起思緒，將寫生遞給艾莉卡鑑賞。

「阿樹一直都畫得很棒呀。」

艾莉卡的評價總是很率直，令阿樹有些不好意思，「我也是學了好多年才達到這個水準，倒是妳，不想畫畫看嗎？」

「我只要看阿樹畫畫就夠了。」她雖然自認如果認真學的話一定很快就會上手，但不知為什麼就是提不起勁。

感受到她與箱庭魔女的不同之處，阿樹並沒有表現出什麼情緒，仍是一臉笑容。

「走吧，回火車站吃飯。」他正準備行動，便被艾莉卡叫住。

「阿樹，耳朵、耳朵這邊。」艾莉卡在自己的耳朵旁比著。

阿樹本來有些不解，不過一往自己的耳邊摸去就明白了。他忘了取下夾在耳後的色鉛筆。

他先是一愣，但過不久就笑得開懷，幾乎是捧腹大笑，「我果然只是在模仿她而已啊，技不如人！」

「你也笑得太開心了吧……」艾莉卡露出不解的表情，但多少被阿樹的情緒感染，也跟著勾起嘴角。

他們來到了據說在當地相當知名的小吃店。

「看起來好熱呀，能換間有冷氣的店嗎？」望著只有幾臺風扇在轉的老舊店面，在外頭忙碌了大半天、滿頭大汗的艾莉卡抱怨了起來。

不過來苗栗不吃這間店實在可惜，所以阿樹試著說服她，「颱風天前夕確實挺悶熱的，多點幾盤小菜，胃口大概就會開了。」

但艾莉卡還是一臉嫌棄，他只好改以利誘的方式，「不然吃完午餐我們去吃附近的牛奶雪花冰如何？」

「一言為定喔！」

阿樹感嘆艾莉卡不愧是小孩子，領著她找個位置坐好。

「這裡都沒變呀……」

明明不遠處出現一條新的仿日式商店街，但這間店還是維持著原本的模樣。有些斑駁的牆上有名人的簽名，也貼有許多學校社團活動海報，看來當地學生也很愛光顧此處。

這座鄉下小城被箱庭覆蓋後，展現了新舊並陳的樣貌。雖然總有人說臺灣的街景很是雜亂，不過阿樹很喜歡這種氛圍。或許是因為他也有古老的過去吧，是普通人類不會有的、一種近似對同類共鳴的奇妙心情。

將負面的想法丟到腦後，阿樹看向正在讀菜單的艾莉卡，「這間店的招牌是滷肉飯和臭豆腐，就點一盤臭豆腐和兩碗滷肉飯吧？加上一些開胃的小菜，還有兩碗貢丸湯……妳沒吃過臭豆腐，就試一次看看吧？」

之前阿樹依循著過往的記憶，總是細心避開魔女少數的食物地雷。

「好呀。」艾莉卡沒有露出困擾的臉色，爽快地答應了。

阿樹有些意外，發出疑問聲的同時忍不住摩挲起下巴。

沒過多久，餐點一道道上桌了。

阿樹先舀了一點涼拌花生開胃，接著夾起臭豆腐塞進口中。

艾莉卡的動作也跟他差不多，應該是在模仿吧。吃過開胃菜後，她慢慢夾起臭豆腐，表情雖然有點遲疑，但還是放進嘴裡咀嚼。

吃著吃著，艾莉卡的雙眼突然一亮，這在阿樹看來是對味道很滿意的表情。

她的樣子不像在騙人，不過阿樹還是好奇地問：「艾莉卡，妳難道不討厭臭豆腐嗎？」

「雖然味道有點奇怪，但很好吃啊！這豆腐有炸過嗎？」

真神奇呀。阿樹突然好奇起來了，究竟鈴蘭為什麼會害希瑟對臭豆腐反胃呢？

正是這微小的差異讓阿樹更加感受到，歐石楠和帚石楠並不是相同植物的事實。就像被復活的阿樹，也跟在北歐山丘上的阿樹並不相同。

雖然有些感慨，阿樹最終還是露出愉快的表情。他相信就是這些不同之處，會引導箱庭魔女找到自己的道路。

只是……一邊吃著滷肉飯，阿樹仍忍不住往桌角瞥去。

如果老朋友願意現身跟他談談就好了，然而直到午餐結束，依舊沒有見到那道金黃色的身影。

吃飽飯後，阿樹依約帶艾莉卡回商店街吃雪花冰。接著他們又在商店街的日式雜貨店晃了一會，再次啟程已經是下午三點過後了。

「再來要去哪裡呀？你還要去畫水田嗎？」坐在機車後座的艾莉卡望著道路兩側，一些農民在田地裡忙進忙出，或許是在做防颱準備。

「我們該去這裡最重要的觀光景點了。」

不用阿樹多加解釋，艾莉卡已經知道目的地在哪了。

他們遠離充滿稻田的區域，往山腳邊的公路騎去。就算不用導航，沿路上也充滿了指示牌，果然是全臺知名的觀光景點。

阿樹在寂靜的山腳停車場停好機車。

「雖然颱風要到了，看起來還是有不少遊客呀。」他環視周遭，停車場中仍然有零星的車輛與機車；往山腳邊的石階看去，也能看到一些下山的遊客。

「那個就是鳥居吧？」

艾莉卡拉了拉阿樹的袖子，指著入口處円字形的石門，好奇地觀察支柱上懸掛的兩根橫梁。從石製的灰色鳥居斑駁的模樣，看得出神社已經有相當長久的歷史。

「嗯，門口的那個就是鳥居，在那之後便是神明的居所，我們上去看看吧。」

石階被森林環繞，不知道是不是颱風即將登陸的關係，艾莉卡越走越覺得悶熱，長長的石階彷彿沒有盡頭。

幸好他們很快就到達了階梯頂端，那裡銜接著寬廣的平面空間。

「咦……」本來對造訪稻荷神社相當期待的艾莉卡，見到實際的神社時不免有些意外。

石磚道末端的稻荷神社並沒有特別大，跟常看到的土地公廟差不多大小。這座稻荷神社是用檜木搭築而成，參道兩側有著石燈籠和狐狸的石像。正好有其他遊客投錢進賽錢箱，並搖起垂鈴、鞠躬與拍手，祭拜方式跟臺灣的廟宇很是不同。

「如果鈴鐺真能引起祂的注意就好了呀……」阿樹喃喃自語。

「原本以為會是更壯觀的模樣，畢竟能保存到現在很不容易。」艾莉卡注意到神社面對能飽覽整片田野，稻荷神社就在此守護著山腳下的人民。

艾莉卡彷彿感受到迎面而來的輕盈涼風中有著一股重量。

「信仰能使人們團結，因此得以將神社保存下來。幾乎所有的神社在二戰後都被拆除或改建了。」阿樹的表情有些凝重，「這座稻荷神社——是不該存在的例外。」

「不該存在……」艾莉卡咀嚼著阿樹的話，她還是無法明白阿樹的意思，但這一切恐怕又跟魔女的油畫有關吧。

阿樹整理好情緒，露出微笑，「總之就來參拜吧？」

他帶著艾莉卡到流著山泉水的檜木手水舍前，細心教導她洗淨身心的儀式。兩人都完成後，正式來到了稻荷神社的拜殿前。

「雖然中文沒有結緣的含意，不過我們還是投五元硬幣吧。林大哥說貌似有人會丟幾張大鈔進去，我是覺得比起幾千元，這裡的神明應該更喜歡豆皮壽司啦。」

艾莉卡被這番話逗笑了，但又覺得這樣好像不太尊敬神明，便趕快收起笑容。

將硬幣投入賽錢箱後，阿樹抓起艾莉卡的手，讓她試著自己去搖響垂掛鈴鐺的繩子。

「先敬禮兩次、拍手兩次後雙手合掌，對神明說出願望，最後記得要再敬禮一次。」老媽子性格的阿樹又想抓起銀髮小女孩的雙手，親自帶著她做一遍。

「等等！我自己來就好了。」

艾莉卡發出不滿的嘟嚷，這讓青年忍不住露出微笑。

「已經是大人的妳一聽就懂，不需要我再多說什麼了，我們各自許願吧。」

雖然聽到了阿樹的調侃，艾莉卡決定不理會他。先鞠躬兩次、拍拍手，然後闔起雙手，但……願望要許什麼？

一想到此，艾莉卡偷偷瞥了身旁的阿樹一眼，沒想到方才還有些輕浮的他，此刻虔誠地閉起雙眼，側臉看起來相當專注。阿樹是真的有什麼願望吧？

那麼，我想祈求稻荷神的願望就是──

結束參拜後，阿樹隨興地坐在觀景護欄附近的石頭上，拿出了寫生本與色鉛筆。

「阿樹想畫神社？」艾莉卡是這麼猜測的，阿樹卻搖了搖頭。

「那只是一部分，妳的注意力都被稻荷神社吸引了呢，抬頭看看天空吧。」

是這樣沒錯啦……因為被說中而有些不開心的艾莉卡抬起頭，不禁呆住了。

這時已經是下午四點過後，黃昏正悄然到來。當太陽往地平線那端落下時，天空中的雲朵竟一整片都被染得鮮紅，就像燃起了火焰。

過於豔紅的晚霞讓艾莉卡看得目不轉睛，阿樹很滿意她的反應，「這種天色俗稱叫火燒雲，颱風來臨前容易見到這種天象。火燒雲是我這次想畫的風景，就麻煩妳再陪我一下了。」

「好～不過晚餐我想吃商店街的章魚燒。」艾莉卡點了點頭，當然也沒忘記加上條件。

「真會討價還價呀，成交。」兩人相視一笑後，阿樹便開始專心作畫了。不過這次艾莉卡不打算看著阿樹畫畫，她知會青年後，便重新邁開步伐。想一想，她還是對稻荷神社更有興趣。

隨著夜色緩緩降臨，遊客紛紛離開稻荷神社，沒過多久，這裡便只剩阿樹和艾莉卡。艾莉卡回到拜殿，先是看了看賽錢箱，再觀察賽錢箱後的網格柵欄，試著窺探本殿的面貌。

神明真的住在裡面嗎？在有些陰暗的本廳中，艾莉卡並沒有看到很多東西，倒是看到牆上似乎掛著什麼。可惜本殿內部太暗，她也只能放棄一探究竟了。

由於最近經歷了一些超自然的事情，光是畫中有另一個世界、自己能在海中呼吸這幾件事，就足以讓艾莉卡相信這世界有神明的存在。

但她突然意識到，早在她跟著阿樹踏上旅途之前，這些真實或許一直以來都存在著。放眼望去，無數銀絲拉向天際，眼角也能隱約瞥見飄浮著的透明方塊，彷彿被夕陽照射到的灰塵。

「我的願望……真的能幫我實現嗎？」在臺灣四處旅行的日子何時會結束，而之後她又該何去何從呢？感到失落的艾莉卡喃喃詢問著，或許也不是真心想求助於神明，只是內心有些迷茫。

「誰要幫妳實現啊。」神明出聲回應了。

——咦？

那是小女孩般的稚嫩嗓音，艾莉卡睜大眼睛，直覺地往本殿的方向看去。

「腳邊啦，蠢蛋。」艾莉卡只好依著聲音指示低下頭，不知何時，她的腳邊多了一隻小動物。

小動物有著金黃色的毛皮與尖尖的三角形耳朵、蓬鬆的尾巴末梢帶著一小搓白毛，那熟悉的樣貌跟臺灣常見的貓狗相去甚遠，但與這裡的石雕很像——是一隻超級可愛、還會說人話的小狐狸。

「是祢說話了？」

小狐狸沒有回應，逕自往一旁的山路奔去。

「等等！」艾莉卡腦中閃過要回去找阿樹的念頭，但想想這樣肯定就會追丟，便硬著頭皮追了上去。

小狐狸似乎刻意引導著她，艾莉卡跟在祂身後來到了神社後方的一條山徑。

不清楚追了多久，艾莉卡只知道小狐狸跑得飛快，而她的腳步卻越來越慢。

就在艾莉卡氣喘吁吁、雙手無力地撥開擋路的樹木枝葉時，眼前突然豁然開朗。沒想到森林中還有著一方天然的水潭，能看見小魚在清澈的水裡悠遊，潭水的源頭則來自一座小型瀑布。

或許手水舍的水就是從這邊引的？喘著氣的艾莉卡想著。

蹲坐在水邊等待許久的狐狸看著艾莉卡狼狽的模樣，表情似乎帶著些許嘲笑。

接著祂發出了淡淡的白光，本來嬌小的身軀產生了變化。狐狸幻化成跟艾莉卡差不多年齡，稍微更稚嫩一些的可愛小女孩，小女孩穿著傳統的巫女服飾，那一頭與毛皮呼應的金黃長髮很是亮眼。

「妳的願望，我不會帶去天上的。」狐狸再次斬釘截鐵地說道。

「哎？為什麼不行呀神明大人？」雖然對方看起來和自己差不多大，艾莉卡還是放低姿態問道。

小狐狸仍然一臉不快，「我不是神明大人，僅是祂的神使……就算神社保留了下來，神也沒有回來。」

原來那是一座沒有神的稻荷神社嗎？

小狐狸的表情閃過一絲無奈，轉而用惡狠狠的眼神盯著她，「妳的願望是想讓阿樹順利完成旅行吧？不用讀心我都能猜到。」

艾莉卡搞不明白，她直覺感到小狐狸對她的敵意很濃厚，而她的感覺並沒有錯，「不行嗎？我只想陪著阿樹，而如果他想改變世界，我也……」

這樣一句無知的話，恰好就觸動了小狐狸的逆鱗，「被阿樹保護著的妳果然什麼都沒發現啊。」

「我什麼都不明白嗎……」艾莉卡很生氣，但她也清楚，失憶的自己確實只是被阿樹照顧著……

狐狸漆黑深邃的雙瞳注視著銀髮小女孩。無知者恆幸福吧，祂微笑著問道：「妳還記得我嗎？帚石楠？」

艾莉卡愣住了。

「我們見過面嗎……」

不是歐石楠（艾莉卡），而是帚石楠（希瑟）……

「既然妳不記得，我也不需要多說什麼了。」

天空彷彿呼應著小狐狸的意志，不知不覺間已經烏雲密布。接著，開始飄起了細雨。

在這風雨欲來的態勢之中，小狐狸凜然宣告：「我呢，喜歡阿樹喔。」

「什……」這這這這這！怎麼突然表白！艾莉卡霎時臉頰發紅。

不同於心思單純的她，小狐狸冷冷地說道：「這並非人類的男女之情。跟充滿人造油臭味的魔女不同，我喜歡的是阿樹的味道。或許是因為我們同樣源自於自然，雖然現在的阿樹是人類的軀殼，但他的靈魂沒有改變。」

小狐狸的語調並不高昂，但艾莉卡能感受到其中的心意。小狐狸是認真的，這讓艾莉卡有些吃味，微微握緊了拳頭。

「過去，他的出現讓即將消散的我找回了意識……那或許也是魔女看上他的原因吧？只要待在阿樹身邊，心靈便會感到不可思議的平靜。就像稻荷神帶來豐收、魔女帶來災厄，那也是阿樹的本能。」

……哎？是這樣嗎？艾莉卡回想旅途的種種，如果要問自己真實的想法，待在阿樹身邊確實相當舒服。所以阿樹不是人類嗎？艾莉卡意識到小狐狸話中的含意。

小狐狸不想再多說什麼，祂要表達的只有一件事，「我不會把畫交給你們。」

「是祢偷了畫……」

祂坦率地點了點頭，露出苦澀的笑容，「請妳告訴阿樹，我的記憶沒有被抹除，我知道你們的過去。正因如此，我更不可能把畫送出去。」

雨漸漸變大，小狐狸的身影也開始變得透明，「我不是為了自己，也不是想讓箱庭持續運轉。我討厭魔女的所作所為，但……」

小狐狸的雙手在胸前交疊，接著低聲說道：「我是為了阿樹。」

為了阿樹……

艾莉卡也難受起來了，因為小狐狸的表情是相當苦澀的笑容。

巫女服小女孩的身影幾乎要完全散去了。即便已經沐浴在大雨中，艾莉卡還是大聲喊道：「等等！既然祢喜歡阿樹，為什麼不願意跟他見面呢？」

艾莉卡以為小狐狸不會回答這個問題……

「我的出現只會加重他的負擔，因為他是個蠢蛋，偏偏想再跟每位畫作的主人交流，了解他們的現狀。」小女孩的身形已經完全散去了，「與其徒勞無功，不如從一開始就撇清關係。」

在雨聲拍打森林的聲響中，迴盪著祂留下的最後一句話，「……那才是對彼此最幸福的做法。」

艾莉卡無法明白，為何這種做法能夠讓彼此幸福。沿著山徑返回神社的路上，她遇到了撐著傘的阿樹。

「怎麼跑到樹林裡去了？我還以為妳遭遇神隱了呢，還是被魔神仔抓走了？」

確實是「神隱」呀。阿樹拿著毛巾擦拭艾莉卡溼漉漉的頭髮，但她只是茫然地望著稻荷神社，「我遇到了狐狸化成的小女孩。」

阿樹的動作停頓了片刻，但很快又動起雙手繼續擦拭艾莉卡的頭髮。

「這樣啊……」他只是心不在焉地念了一句。

「阿樹，祂……」

艾莉卡本來想說些什麼，但阿樹卻搖搖手阻止了她，「雨勢正在變大，我們趕快回民宿吧。」

青年蹲在艾莉卡面前，露出溫柔的笑容，「要是著涼可就不好了。」

無論旅行中經歷了什麼，阿樹總是一如往常的溫暖，這讓艾莉卡有點想哭。

回到民宿時，林大哥看見溼漉漉的他們嚇了好一大跳，連忙提供另外一間浴室給他們各自換洗。由於外頭的雨勢越來越大，晚餐就由林大哥叫了附近外送的牛丼飯解決。這種天氣還要外送真是辛苦了，艾莉卡心想。

飯後，艾莉卡光著腳，屈膝坐在房間的落地窗邊。看著雨點落下、強風吹動玻璃發起響聲，她不禁感慨這風暴來得太早。

艾莉卡拿起熱奶茶輕啜，開口說道：「原本以為今晚還不會下雨呀……」

「天氣總是難以預料。」趴在床邊看書的阿樹輕描淡寫地回應。

自從回到民宿，阿樹就對剛才的事絕口不提，這讓艾莉卡很不甘心，「阿樹，那隻狐狸……說祂喜歡你，而且為了你把畫藏起來了。」

「……這樣啊。」艾莉卡已經主動提起狐狸的事好幾次了，但阿樹始終沒什麼反應。

「呃，你的反應就只有這樣嗎？」艾莉卡試著從阿樹的側臉窺探他的想法，卻只見青年仍一臉淡定。

「並沒有什麼好講的吧。我也跟妳說過了，我和魔女確實認識祂，而且這次要偷走祂的色彩。」

稍早時阿樹就告訴艾莉卡，畫作真正的持有者就是那位神使，稻荷神社能夠保存下來，也是受箱庭魔女影響的結果。

「那如果把畫中的樹燒掉，稻荷神社會如何……」

阿樹並沒有正面回答艾莉卡的疑問，「我說過了吧？我只是在做自私的舉動。」

「但是……」為什麼小狐狸說祂是為了阿樹呢？

艾莉卡還想說些什麼，但床頭櫃的電話卻突然響了起來。阿樹拿起話筒跟電話另一頭的人對話，本來冷淡的表情浮現高興的情緒。

掛掉電話後，阿樹再次看向艾莉卡，嘴角勾起，「比起這個，雖然祭典取消了，妳要不要體驗看看？」

「……體驗什麼？」

大約一個鐘頭後，在民宿大廳的一角。

戴著眼鏡、身穿襯衫與窄裙的長髮女子推了推眼鏡，相當滿意自己親手完成的「作品」。

「果然好可愛呀～很適合這件浴衣耶～可以多擺幾個動作嗎？我會多給妳幾顆糖果！」過於興奮的長髮女子拿起相機拍個不停。

旁邊的林大哥則是一臉無奈的笑容，「老姐，妳這樣會嚇壞艾莉卡呀。」

被林大姐不停拍照的，正是站在日式街道布景中的艾莉卡。

她換上一身金魚花紋的粉色浴衣，本來秀麗的白銀長髮也被細心盤好、別上髮髻。撐著油傘的小女孩融合了異國之美，各種風格看似衝突卻又完美搭配在一起。

「這樣？」銀髮小女孩微微側身，對著鏡頭露出含蓄的笑容。

「啊～太棒了！下次可以請妳來臺北當模特兒嗎？」

林大哥無奈地拍了拍他姐姐的肩膀，提醒她克制點。

「記得上次來的時候，你們沒有提供浴衣試穿與拍照的服務呀？」

對於阿樹的詢問，林大哥解釋：「這也是去年才開始嘗試的生意，都是我姐主導的。她是服裝設計師，平常都在臺北工作，聽聞這幾年開始舉辦夏日祭典，就有了這個想法，每年都特地在這幾天回來苗栗開業。今年沒有祭典，她本來很沮喪呢，還好有艾莉卡。」

阿樹看著笑容尷尬的艾莉卡與擺弄她的林大姐，也露出了笑容，「多虧夏日祭典，讓大家能聚在一起呀。」

「算是吧，我也很少見到老姐就是了。」

等到林大姐終於滿足後，解脫的艾莉卡直接癱倒在地上，「一張照片要給我一千元喔。」她抹去額頭的汗水，開始討價還價起來了。

「咦！也是呢，等我一下。」傻呼呼的林大姐竟然真的轉身去櫃檯拿錢了。

無奈的阿樹走到銀髮小女孩面前，用力捏了捏她的臉頰，「林大姐提供浴衣和拍照服務，是我們要付錢給他們才對呀。」

「哎～這可是難得的賺錢機會耶。」

這種壞主意真不曉得是跟誰學的，阿樹想起以前在高美溼地時，舉著立牌想收錢的自己與無奈的箱庭魔女，露出了會心的笑容。

鬧了好一會，艾莉卡終究感到疲憊了，表示想回房間休息。

「我可以穿這件浴衣睡覺嗎？」她太喜歡這件金魚花紋的浴衣了，竟然捨不得脫下來。

「艾莉卡……」聽著艾莉卡無禮的要求，阿樹有些頭大。

不過林大姐和林大哥倒是不反對，「當然沒問題，妳想穿多久就穿多久。」

「耶～」開心的艾莉卡一下就把髮髻拔掉，看到辛苦整理的盤髮被破壞，林大姐露出了痛苦的表情。

妳真正在意的原來是這件事嗎？阿樹納悶地想著。

銀髮小女孩蹦蹦跳跳地離開了布景，開心地往樓上奔去，將一行人丟在後頭。

「妳呀……」

不同於無奈地揉著太陽穴的阿樹，林大姐拿出一個小箱子，交給阿樹，「誰不喜歡天真可愛的小孩子呢？這個順便給你們。」

「這是……」

對於困惑的阿樹，在旁的林大哥微笑著說：「就當作是夏日祭典取消的補償吧。」

聽完林大哥的說明，阿樹也露出了愉快的表情。這個東西，艾莉卡一定會喜歡吧。

回到房間，阿樹把紙箱裡的東西拿出來裝設好，關掉了燈。

「哇——」

躺在床上的艾莉卡睜大眼睛，望著投射在天花板上的景色。

那是一大片的光點，讓單調的天花板瞬間化為一片璀璨星空。

這些都是從星象儀投影出來的。阿樹也躺回床上，凝視著虛擬的星空。

這片星空就像以前在箱庭中看見的景色，原本應是無法觸及的真實……

雖然在艾莉卡面前表現出冷淡的反應，但阿樹內心其實也對小狐狸的反應感到沮喪。

如果祂像先前的持有者那樣沒有記憶就好了……那麼彼此就不會對已知

的結局感到痛苦。

在有些迷茫的青年身旁，傳來了艾莉卡的聲音，「阿樹。」

「嗯？明天可要好好跟他們道謝喔，給了妳這麼多玩樂。」

對著總是岔開話題的阿樹，艾莉卡嘟著嘴回應。

「我知道啦，只是……」她凝視著星象儀投影的這小小一片星空，輕聲說道：「阿樹還記得嗎？我們在阿里山看星星的那一晚。」

「嗯。」那是去年的冬夜，他們到阿里山的某個營區度假，當天晚上披著厚厚的毛毯，露天欣賞璀璨的星空。

當時艾莉卡很佩服阿樹，因為他在那一片星星裡竟然還能認出各個重要的亮星，並且跟她說了很多冬季星座的神話故事。

「那天的夜空，比今天看到的要漂亮很多。」

「當然啦，星象儀做得再精緻，還是有極限的。」

「也是呢……」艾莉卡突然陷入一陣很長的沉默，「……今年冬天，能再去阿里山嗎？」

我是爲了阿樹。

艾莉卡想著小狐狸說過的話，還有阿樹在旅途中的一些發言和反應。

或許在這趟旅途的最後——她將不祥的念頭拋到腦後，視線不願從那片夜空移開。

回想著這一路走來的種種，銀髮小女孩勾起嘴角，低聲說道：「歐石楠需要綠樹的庇蔭，才不會覺得陽光刺眼，所以……」

「嗯？」假裝沒聽到的阿樹故意反問。

臉頰已經漲紅的銀髮小女孩抱住枕頭，側身背對阿樹，「不說第二次啦！我要睡了。」

「那就把星象儀關掉囉？」

「隨便你。」事實上，一整天的奔波下來，艾莉卡確實也很累了。

本來情緒還有些激動，不過隨著天花板暗下來，還穿著金魚浴衣的銀髮小女孩終究抵擋不住湧上的睡意。等到艾莉卡沉沉睡去後，阿樹露出無奈的笑容，幫她把棉被蓋好。

他摸了摸小女孩的頭，露出溫柔而理解的笑容，「謝謝妳。」

阿樹能對艾莉卡說的，也只有這句了。

並不需要太多的話語，但累積至今的壓力與苦悶，彷彿隨著艾莉卡的那句告白散去了。他望著窗外的狂風暴雨，不同於躁動的外界，自己的內心相當平靜。

如果就這樣下去，小狐狸永遠不會出現在他面前吧。

那麼……

艾莉卡這一覺睡得相當沉，隔日醒來時已經是中午時分了。或許是大家看她睡得太熟了，沒有叫她起來吃早餐吧。

颱風天慵懶點也好，艾莉卡看向窗外的風雨，跟昨晚相比又變得更大了。她拿出手機確認颱風的位置，果然已經登陸了，颱風正盤旋在中央山脈附近，一時半刻不會離開。

經過一晚，艾莉卡對浴衣的興致已經消退了，她換回了原本的T恤和短褲。阿樹不在房裡，她心想阿樹應該在大廳跟老闆閒聊吧，但當艾莉卡抱著浴衣來到一樓，只看到在櫃檯打著哈欠的林大哥。

「早啊。」林大哥看到艾莉卡，親切地打了招呼。

「早安，浴衣還你們。」艾莉卡小心翼翼地把浴衣遞給林大哥。

林大哥把浴衣收好，同時好奇地問道，「對了，阿樹呢？」

……咦？

不安的感覺油然而生，艾莉卡愣愣地回答：「我以為他在大廳跟你們閒聊……」

林大哥也一臉困惑，「不是還在睡嗎？昨天妳睡著後阿樹有來找我們，和隔壁的鄰居湊桌摸了幾圈麻將。想說今天是颱風天，讓你們睡飽一點，就沒叫你們起床吃早餐了。」

……艾莉卡愣住了。她沒有多加猶豫，立刻往門口奔去。

「艾莉卡？」

無視老闆的呼喚，銀髮小女孩衝出門外。外頭的強風與大雨讓嬌小的她幾乎要站不穩，但艾莉卡還是不顧危險地往一旁的停車場跑去。

「啊……」映入眼簾的真實，讓艾莉卡發出了哀號。

果不其然，停車場內沒有看到他們那輛銀白休旅車。

林大哥和林大姐隨後也得知阿樹離開了民宿，林大哥相當擔憂。

「這種颱風天他還要去哪呀……」林大哥搔了搔頭。

「艾莉卡，妳知道阿樹去哪了嗎？」林大姐拿毛巾幫小女孩擦乾身體，耐心地問道。

「我不知道……」失魂落魄的艾莉卡只是低聲回答，默默回到自己的房間。

她其實知道阿樹去了哪裡。但她不明白，阿樹在這個時間點去稻荷神社竊取畫中的色彩，是連自己的命都不想要了嗎？

艾莉卡無力地跪坐在窗邊，看著外頭的風雨。小狐狸說祂把畫藏起來了，但畫恐怕就在稻荷神社裡。她想起之前透過護欄，隱約看到本殿內的牆上掛著什麼……

「難道就在那裡……」

阿樹肯定也有注意到，所以才出門去找畫。只是有必要在颱風天出門嗎？彷彿是為了證明自己的決心足以克服風雨似的。

艾莉卡一度想拜託林大哥載她去稻荷神社，可是這樣很不好意思，而且阿樹肯定也不希望其他人介入。

「我該怎麼做……」失去記憶的她，能夠為獨自承擔這一切的阿樹做些什麼？

在抱頭苦惱的銀髮小女孩身後，浮現了一道身影。

「妳想去見阿樹？」

艾莉卡驚訝地轉頭望去，果然是那位穿著喪服的少女，她的面貌仍舊隱藏在薄紗後。

對於少女的疑問，艾莉卡猶如抱住救命稻草般問道：「可以嗎……」

喪服少女點了點頭，對艾莉卡伸出手。

這是要抓住的意思嗎？艾莉卡伸出右手，在她的手指碰觸到喪服少女手掌的一瞬間，如同之前在海中的感覺，一股不可思議的飽滿感受再次充盈胸口。

這到底是怎麼一回事？艾莉卡只見自己的身體漸漸碎成了透明方塊，恐懼與詫異讓她顫抖不已。

同時一股困惑自艾莉卡的內心升起，那是上次聽清楚喪服少女的聲音後，她就一直無法理解的事情，「等一下！為什麼……妳的聲音……」

喪服少女的嗓音跟她自己幾乎一模一樣。

在她的意識散去前，對方沒有回答。但艾莉卡似乎透過薄紗看見了，面目不清的少女露出一抹笑容，彷彿是在祝福她能夠帶來好消息。

艾莉卡再次恢復意識時，發現周遭的場景發生了巨大的變化。沒想到在轉瞬之間，她就從民宿來到了山上的稻荷神社。

彷彿只是睡了半刻，方才她還在安全的室內，現在卻身處在狂風暴雨之中。不遠處的樹林因風勢倒了數棵樹木，呼嘯的狂風吹得單薄的她快要站不住；暴雨也讓石磚路積了水，她赤裸的雙腳踩在小水窪中。

在視線所及的不遠處，儘管雨勢模糊了視野，艾莉卡還是能認出穿著單薄黃色雨衣的背影，那是偷偷溜出門的阿樹。

「請你回去吧，我是不會交出畫作的。」

在阿樹前方的小小木造神社前，站著同樣沐浴在雨水中、面無表情的金髮巫女服女孩。

艾莉卡尚未理解眼前的狀況，只見小狐狸食指指向烏雲密布的天空，接著「轟」的一聲巨響劃破天際，亮紫色的光芒集中到了祂的指尖。祂將指尖對準阿樹，紫色的閃電迸出，瞬間便擊中了阿樹。

「阿樹！」艾莉卡飛奔過去，扶起倒地的阿樹。儘管雷電竄到身上讓雙手發麻，她依舊沒有放開手。

「是艾莉卡嗎……沒穿雨衣出門小心感冒啦……」看到熟悉的嬌小身影，狼狽的阿樹還是先關心她的狀況。

「你白痴嗎！都被電成了這樣還不逃跑？」艾莉卡生氣地罵道。

小狐狸仍飄浮在不遠處，觀察著兩人的互動。

「豐收的季節總是伴隨著雷雨，是自然的循環。但凡事總有一體兩面，雷電能夠為作物帶來豐收的契機，也能在轉瞬間點燃樹木引發大火。」小狐狸的表情越見冷淡，「前身為樹的你理應本能地懼怕閃電……但為什麼不退讓？一定要把這幅畫燒掉嗎！」

在艾莉卡懷中的阿樹只是無奈地笑道：「我本來是想趁著風雨偷偷溜進深層箱庭，也許妳會沒注意到呀。」

「「你白痴呀！」」

同時受到兩位小女孩的責罵，阿樹這才反省起自己的魯莽。不過那只是玩笑話，他是想藉這次颱風展開行動，以此表達自己的決心。

但小狐狸顯然不領情，她的食指再次導引電流對準兩人。艾莉卡憑著一股氣勢，張開雙臂擋在兩人之間。

小狐狸的面貌更顯冷峻，「我可不會對妳客氣的。」

「我跟祢不同，我一定會站在阿樹這邊。」

一聽到艾莉卡的反駁，小狐狸更加不悅，「聽說妳被取了艾莉卡這個名字，意思是歐石楠。妳沒想過自己只是帚石楠——希瑟的替代品嗎？」

阿樹的表情變得相當凝重，觀察到這一點的艾莉卡不禁動搖了。

面對無知的銀髮小女孩，小狐狸露出無奈的笑容，「稻荷神社能被保存，是拿臺灣其他地方的地力彌補的。」

面對發愣的艾莉卡，小狐狸繼續解釋，「歷史被改變了。神社自日治時代起一直保佑當地年年豐收，所以在居民極力捍衛下，才被完整保留下來。但這是虛構的真相，正因為真相不是如此，神明大人也不可能回到此處。」

一個地方的順遂，卻是拿其他地方的不幸換來的，身為神使的她露出無力的笑容。

艾莉卡逐漸理解箱庭魔女的魔法，難道在旅途中遇到的那些人們……

看著茫然的艾莉卡，小狐狸接著說，「妳現在才發現嗎？阿樹燒畫就是想讓這一切回復成原樣。這麼做的話稻荷神社將會消失，我也會失去當地的民眾供奉，回到隨時都會消散的狀態。」

所以這就是妳阻擋阿樹的原因嗎？本想這麼反擊的艾莉卡，卻啞口無言了。因為小狐狸的表情看起來並不在乎，或者說是早已接受的淡然。

「這一切我其實都不在意，無法回應祈禱的信仰被遺忘是必然的，我們做為神使必須接受這個結果。只是……」

艾莉卡明白了小狐狸對阿樹的心意，在大雨中仍能清楚看見祂臉上的兩道淚痕。

「希瑟妳明明最清楚了呀，是妳告訴我的。」呼嘯的風聲，夾雜著小狐狸無力的話語。

阿樹同樣是這箱庭的一部分——他最後會燒掉自己的畫，結束生命。

艾莉卡總是隱隱約約感覺到，旅途終點必定會是與阿樹的別離，但從未想過會是如此殘酷的形式。她轉頭看向阿樹，想從本人身上得到答案。

「阿樹，這是事實嗎……」

「……」阿樹別開頭沒有回話，這是默認了。

艾莉卡跪倒在地，身體不停顫抖著，「怎麼會……」

如果這一切將會回復原樣……

那麼小玥將不會從絕症中康復，而暗戀她的男生不會死去。

那麼張太太將躺在病床上無法甦醒，而小孩會回到張先生身邊。

那麼小狐狸將會與這座神社同歸於虛無、消失在歷史之中，而生機能重返他鄉。

最後——也包括本不該存在於此的阿樹嗎？

想到此，艾莉卡害怕到無法動作，連站起來都做不到。而這一切的痛苦，都是阿樹一路獨自承擔著。

「妳明白的話就離開吧。」小狐狸聚集了雷電的指尖仍對著他們，這是最後一次警告。

「我……」

阿樹似乎在說話，但艾莉卡的耳邊只剩風雨聲，無法聽清楚了。

我不知道那樣會不會比較好……不過，如果回到那個當下，與其因爲恐懼悲傷的未來而裹足不前，是不是把握當下的幸福比較好呢？

腦海裡迴盪的，是之前在校園裡，阿樹對她的詢問以及自己的回答。

艾莉卡，我們都把妳當作自己的小孩，如果哪天有空，歡迎再來這裡玩喔！

還有離開國境最南端時，張太太對她留下的邀請。

歐石楠需要綠樹的庇蔭，才不會覺得陽光刺眼。

以及昨晚她對阿樹的告白。

在不停啜泣的艾莉卡腦海中，浮現了一個畫面。

那是好久好久以前，遠在這次的旅行之前，遠在魔女來到臺灣之前。

在那看到世界黑暗的裡側而心死的魔女面前，遇到的那棵山丘上的櫟樹。

面對輪轉的四季，那棵樹以天真卻堅定的語氣說道。

我會想尋找上頭這片天空——它所連結的其他部分。

那是最初的誓言，也是此刻的進行式。

小狐狸睜大了雙眼，不敢相信自己所看到的。本來已經失去勇氣的銀髮小女孩，儘管被風吹倒無數次，最後仍再次站了起來。

艾莉卡的雙腿因害怕而顫抖著，小狐狸也注意到了，「就算知道真相，妳還是要幫阿樹燒畫嗎？」

「我很迷茫……」銀髮小女孩彷彿隨時又會被強風吹垮，卻屹立不搖。「可是，我還是想站在阿樹這邊。」回想著這段旅行中的種種，她無奈地勾起嘴角，「是箱庭魔女——是我賦予他自由的。無論阿樹做出什麼選擇，我都想見證到最後。」

阿樹能代替我——代替箱庭魔女，看到天空彼端的顏色。

同樣的，那也是箱庭魔女沒有消除小狐狸記憶，甚至把真相告訴祂的原因。

「祢也一樣喔，小狐狸，我們都是同類呀。」

「……這樣啊。」小狐狸闔上眼睛，回想起當初他們相遇的種種。

那夏夜裡的故鄉祭典儘管遙遠，卻是祂守著這片土地的漫長歲月中，許久不曾體驗到的歡鬧與幸福。她們都是無法回到故鄉的異鄉人，僅能在箱庭裡追憶那片刻的花火。

希瑟，是一位自私卻也溫柔的魔女。正因為如此，魔女才將自由選擇的權利也交予了祂。

聚集雷電的指尖再次指向艾莉卡，「那，這就是我的答案。」

但在放出雷電的瞬間，天空卻發生了驚人的變化。狂風平息、雨點漸弱，一道道光穿透了雲層，為昏暗的大地帶來光明。

——放晴了。

方才的強風暴雨彷彿不曾存在，以神社上方為中心，陰雲碎成方塊徹底消散。本來集中在小狐狸指尖的閃電也化成無數方塊，晴朗的天空中沒有半片雲雨，祂不能再導引閃電了。

整個臺灣，本來就是這座巨大箱庭的一部分，這也代表箱庭中的魔女是能短暫成為神明的存在。不過，當魔女短暫取回自己修改箱庭的權限時，這也代表箱庭已處於崩解的邊緣。

淋透他們全身的雨水也全數化成方塊，還維持著人形的小狐狸坐倒在地，祂知道自己徹底失敗了。祂以為自己能夠教訓艾莉卡，最終卻還是輸給了作弊的魔女。

可是內心真實的聲音卻告訴自己，這並不是希瑟自私的選擇，而是魔女依循了阿樹的決定。在本該公平的箱庭魔女心中，天秤其實早就傾向了某一邊。

「難怪會說我們很像呀……」她們都很像人類，做了過於自私的決定。

小狐狸發出無力的苦笑聲，望著走過來的阿樹與艾莉卡，「畫就放在神社裡。」

「嗯……」阿樹一臉的五味雜陳，但他最終鬆開緊皺的眉頭，在小狐狸面前跪了下來。

「就算妳被大部分人遺忘了，總有人會記得妳……」

不管是哪裡，只要對土地有感情——那裡就是故鄉。這是祂沒有離去的原因吧。

就像魔女說過的，只要是對這片土地有感情的人，不管是林大哥與林大姐、商店街賣畫糖的老伯、或者在稻田耕作的農夫，一定會有人記得這裡曾經有座稻荷神社。

這其中也包括了阿樹，但他明白這承諾背後的謊言，最終沒將其說出口。作為替代，他只是張開雙臂將小狐狸擁入懷中。懷中的小女孩再也忍受不住，淚水開始滑落雙頰。

「沒關係，沒事的……」對於痛哭的小狐狸，阿樹只是溫柔地輕聲安撫著。

本想別開頭的艾莉卡，卻抓緊了褲腳，強迫自己將他們此刻的身影映入眼簾。她想將這一切全都烙入自己的記憶——做為引發所有事端的箱庭魔女，這是她應當背負的罪惡。

畫作中的深層箱庭，是一片遼闊的金黃色稻海。

走在那片本該心曠神怡的豐收之海中，一前一後的阿樹與艾莉卡都默不作聲。

艾莉卡開始想起一些記憶的片段，加上剛才小狐狸的提醒與她引發的天氣異變，她已經知道了自己的真實身分。

正因如此，現在保持沉默對彼此才是最好的選擇吧。

兩人最終來到了箱庭的最深處。扎根在稻田中的大樹，仍持續吸收著來自陽光的方塊。

青年沒有多說什麼，只是拿出口袋裡的打火機，一把火點燃了大樹。

阿樹從來都沒猶豫過嗎？緊盯著眼前發生的這一切，艾莉卡只能茫然地思考著。

望著面前燃燒著倒榻的樹木，阿樹輕聲開口了，「剩不到五幅畫了。」

「……是嗎。」艾莉卡將雙手交疊在胸前，哀傷地問道：「阿樹真的是其中一位嗎？」那是早已知曉，她卻不願放棄的問題。

「是啊。」阿樹有所覺悟地勾起嘴角，眼神相當堅定，「在旅行到達終點後，妳就會成長了。」

「嗯……」回憶著過去種種，艾莉卡露出難過的笑容。

「既然如此……」銀髮小女孩的眼角已經蓄滿淚水，「那我不想長大了呀……」

無助的她只能哭訴著，「為什麼長大是這麼痛苦的事情？」

阿樹只能露出無奈的笑容，正想說些什麼來安慰她，在化為火球的大樹前，從天空落下的方塊凝聚出了一道身影——是穿著深黑喪服的少女。

「……」喪服少女一言不發。

她在淚眼婆娑的艾莉卡與阿樹面前，取下了頭上的面紗。

阿樹愣住了，只能低語著：「希瑟……」

啊，果然是這樣子呢，艾莉卡感嘆。

喪服少女的真面目——是長大後的艾莉卡。銀髮紅眼的魔女，帚石楠，希瑟。

見過數次的喪服少女，為何引導著自己？為何有著與自己相同的聲音……因為，那是另一個自己。

希瑟似乎不像她那樣有著複雜的思緒，對方無神的雙瞳無法聚焦，或許多數的時候都沒有自身的意識吧。

艾莉卡察覺到了，喪服少女是箱庭魔女僅存的、本應用於處理這箱庭所有資訊的觸媒。她雖被賦予了運算箱庭的能力，卻不擁有自我意識。

然而不管彼此的任務是什麼，她們的出發點都是一樣的，都是為了幫助阿樹做出選擇。那是近乎本能的直覺，艾莉卡朝著喪服少女的軀體靠近。

「等等……」阿樹感覺到不對勁，想阻止兩人接觸。

可是艾莉卡只是回過身，流著淚水的她露出心碎的笑容。

「結束了，阿樹。」

最終——兩副軀殼都碎成了方塊，消散在空氣中。

A Summer
for the Witch

Chapter 10.

[妳所期望之事]

那是遠在他們開始旅行之前，或許是五年前，也或許是八年前。他早已不記得確切的時間，或者說是不想記得那麼清楚。有關他所理解的一切都已崩塌，陷入混沌中。

深夜的城市裡，有棟建築物的某層樓亮了燈。

穿著白襯衫的黑髮青年在那充滿畫架與油畫的工作室內，縮在其中一張木凳上，以無神的雙瞳凝視著面前空白的畫布。

他環視週遭，不免思考著在這畫室的每一幅畫，魔女究竟花費了多少時間去創作呢？她嘴上說著失去熱情，卻還是努力完成每一幅畫作。

在阿樹看來，希瑟始終沒有真正放棄過自己的夢想。為什麼她能如此輕易捨棄數十年來累積的所有人事物，只為了改變這個早已充滿遺憾的世界？

先前亟欲改變什麼的焦慮已然冷卻，阿樹發現自己並不如預想中堅強，內心其實相當迷茫。

正因為會思考，正因為有負面情緒並脆弱不堪，所以這才是「人類」吧？

阿樹再次將視線投向前方，看著還沒留下顏色的全新畫布。一片空白的畫布，就像正要展開未來的自己。然而如今已沒有人能再指引他，指引他的那人已經……阿樹心頭一痛，緩慢地起身，拖著沉重的步伐離開了四樓的畫室。

他來到三樓魔女的房間，不出所料，那位銀髮的小女孩還在裡頭，哪裡都沒去。小女孩穿著鈴蘭為她換上的純白洋裝，本該是入睡時間，她卻沒有躺在床上，而是散落一頭落地的長長銀髮，跪坐在絨毛地毯上，獨自望著窗外的天空。

就算到了夜晚，那銀白發出亮光的絲線仍然從各處通向天際，這代表著他們所見的臺灣已不同於往常。皎潔的月光從窗戶灑落屋內，在阿樹眼中，沐浴在光芒裡的小希瑟猶如繫著千條銀線的美麗人偶。

她仍有著與過往相似的軀殼，卻已無內存的靈魂。銀髮魔女那本該燃燒熱情與夢想的火紅雙瞳，此刻連半點餘暉都不剩，更別說能再與他對話，或再像過往那樣欺負他。

「希瑟……」阿樹試著柔聲呼喚，小女孩沒有任何回應。

他多希望對方至少也微微側頭、瞥他一眼。喉嚨一緊的阿樹來到小希瑟身後，跪了下來。

他此刻能做的，僅有從背後默默抱住這具空殼，感受那嬌小身軀的冰冷。鈴蘭重塑的只有希瑟的殘骸，就連人體的溫暖都已不復存在……

「希瑟……」阿樹抱著小希瑟，內心相當迷茫。

曾身為櫟樹的他，此刻卻發出很有人類風格的疑問，「若這世界對妳來說是如此不堪入目，妳會希望我做這個選擇嗎？」

阿樹不得不去回想，不久前那段對話。

數小時前的傍晚，在那被橘紅色彩染紅的山坡邊。聽完阿樹的意見後，穿著薄紗睡衣的黑髮魔女卻陷入了沉默。

猶豫了很長一段時間後，抱著小希瑟的鈴蘭才露出平靜的笑容，「我想給阿樹哥看個東西。」

語畢，她的魔女之心發出了淡淡的藍光，無數方塊從她的胸口飛出。顏色不同的方塊有點像希瑟的箱庭魔法，在他們周圍拼湊出許多的少女身形。但她們全都是單一色調，加上方塊的稜角線條，頗有一種科技感。

那些少女有著形形色色的樣貌，穿著巫女服的黑長髮東方人、一身中古歐洲貴族裝扮的金捲髮西方人、西裝服的黑人小孩子等等，放眼望去大約有十位。阿樹發現穿著肩帶洋裝的雙馬尾銀髮少女——以白色方塊構成的希瑟也在其中。

「我的成像魔法效果不如希瑟，比較像用超音波去建構物體的雛型。但風所夾帶的聲音能夠到達世界各個角落，如阿樹哥你看到的——**這些是這世界現存的魔女**。」

那個答案讓阿樹吃驚不已，「妳是說，其他的魔女……」

鈴蘭點了點頭，「有的魔女已四分五裂，有的魔女陷入永遠的沉睡，也有任性妄為的魔女……」

抱著小希瑟的鈴蘭站在魔女的正中間，就像她們的發言人。

「我是最晚誕生的魔女，在二戰後才誕生。我們來自不同的年代，有著形形色色的樣貌，以及截然不同的人生經歷與價值觀。」鈴蘭的表情逐漸凝重，「我們的共通處唯有一點。」

她沉默了許久，才道出其中的真相，「只有源自靈魂，近乎瘋狂渴求著某種東西的欲望，才會被父親看上眼，那才是『魔女』。」

阿樹想起記憶中那說著內心厭倦了，卻還是不停畫著畫的箱庭魔女。

「如果將地球比喻成一臺巨大的終端電腦，我們被父親賜予魔女之心，就是擁有直接控制這部電腦的部分權限，我們能用它滿足渴望。」

鈴蘭將魔女的本質道盡後，再次看向阿樹。

那瞬間，那些魔女殘影的目光彷彿全都集中在他身上。其中也包括了希瑟的殘影，只有懷中的小希瑟仍然雙眼渙散，沒有焦距。

「正因為我們依循著欲望而誕生……」

那些魔女再次碎成無數方塊，回到鈴蘭的胸口內。表情落寞的鈴蘭抬頭看著遠方，在一片橘紅色的空中，可以看見無數的銀線隱隱約約拉向了天際，述說這裡已經變成箱庭的事實。

「姐姐的欲望，是想幫助所有她贈過畫的人類。此刻有無數與阿樹哥復活相似的、本不可能企及的奇蹟降臨了。」

阿樹只是瞪大眼睛，無法真正理解鈴蘭的意思。

「僅靠一位魔女，要改寫整個地球是不可能的。但如果只竄改臺灣這一小部分，將現實的臺灣改造成封閉的箱庭，以姐姐的魔女之心就能辦到。只要完全捨棄掉人格的部分，並妥善分配資源。」

人格的部分阿樹已經親眼看到了，但妥善分配資源？他不明白這句話背後的深意。

鈴蘭的表情越來越傷感，「即便籠罩在箱庭中，臺灣會變得更好，但同時也充滿了矛盾。如果這就是希瑟姐姐的願望，同為魔女我也認同她的夢想……」

鈴蘭說著，雙肩顫抖了起來，兩行淚水從臉頰滑落。

她強忍著悲傷情緒繼續訴說，「雖然很寂寞，雖然很想念她，雖然還有好多事情想要她陪著我去完成……」

鈴蘭難掩內心的激動情緒，看向面前不知所措的阿樹，「阿樹哥，你並不只是與世界為敵喔。你想救回姐姐，就等於背叛希瑟姐姐的願望。」

背叛，那是太過於沉重的兩字。阿樹感到呼吸困難，腦袋彷彿受了一記重擊，沉重的壓力幾乎要壓垮他。

但鈴蘭沒有放過阿樹，只是再次問道：「所以我還是要再問一次。因姐姐的願望而獲得自由的你，會想破壞希瑟選擇的自由嗎？」

那是過於痛苦而漫長的一夜，他忘記是何時才真正入睡。

當阿樹隔日睜開眼時，映入眼簾的是夏日炎熱的陽光，以及窗外明亮的風光。他從時鐘確認時間已經接近中午。如果是幾天前，魔女肯定早就叫醒阿樹，急著帶他到處跑。如今那人已不在身旁，即使是日常中本不起眼的差異，也一再提醒並刺痛著阿樹。

他勉強打起精神起床，昨夜望著窗外的小女孩早已不見蹤影。

這並非小希瑟有意識的表現，是阿樹不捨她一個人跪坐在地毯上，輕輕放到床鋪上並溫柔地拉好棉被。小希瑟至始至終沒有說話，雖然不曉得這具空殼是否需要睡眠，但她安分地闔上了眼睛。

阿樹回想著昨晚的事，來到魔女的房間。他仍抱持著希望，期待門一打開便能再看到活潑開朗的雙馬尾魔女笑著眨眨眼，對他說這一切都是惡作劇。但房裡空無一人，只有窗簾隨風擺盪。

「姐姐她去頂樓了。」

循著聲音回過頭，是仍舊一副慵懶的睡衣打扮、但臉色不怎麼好的鈴蘭。

阿樹從那張比自己更加疲倦的側臉推斷，也許她昨晚根本沒睡吧。

「去了頂樓？」阿樹燃起了一絲希望，這似乎是希瑟主動的行為，這是不是能證實那嬌小的軀體裡還藏著一點靈魂？

鈴蘭也聽出了阿樹的期望，只是以冷淡的語氣問道：「她剛剛還睡在自己房間的床上，是阿樹哥你抱回房間的？」

「嗯……」

「看起來姐姐是自己醒來去頂樓的，我也很訝異。」鈴蘭的表情越來越陰暗，「我當初也是抱著期待才拼湊回姐姐，但那種狀態真的算是活著嗎？」

「……」阿樹沒有、也無法回答，他繞過鈴蘭，腳步越來越急促。

他很快就來到頂樓的天臺，找到在那片晴空萬里之下的小希瑟。

阿樹此刻親眼所見的景像，讓他只能認同鈴蘭的看法。儘管夏季陽光如此炙熱，小希瑟纖細的脖子上也沒冒出半滴汗水，迎面的強風也沒有帶起她的髮絲。

被鈴蘭勉強拼湊出來的希瑟，並沒有真正融入這個世界當中。穿著純白洋裝的小希瑟站在天臺邊緣，抬起頭凝視著天空的彼方。

天空上無數若隱若現的銀白絲線拉向了天際，還有各色的半透明方塊不停從空中灑落、沒入城市中，這些都是箱庭的一部分。

小希瑟就像夜裡趨光的昆蟲，只是本能地注視著天空。

「希瑟……」再怎麼呼喚，都沒有得到回應。阿樹漸漸明白他與小希瑟幾乎沒有交流的可能性。

阿樹轉身準備離去時，看見不知何時靠在頂樓門旁的鈴蘭。

「鈴蘭，希瑟就麻煩妳了。」

「我也只能在旁看望著她，所以你決定如何？」

你是否要背叛希瑟的期待，與這世界為敵呢？

阿樹知道鈴蘭在意的只有這件事，他此刻的情緒與其說是焦躁，反而是連自己都不敢相信的異常冷靜。

「我出門一下。」他想去親眼確認一些事情。

他抬起頭，看著那片異質的天空，「我想瞧瞧希瑟所期望的這個世界。」

但他卻被鈴蘭拉住了肩膀，「雖然沒有人可以限制你，但你現在可是軀體很脆弱的『人類』喔！

「阿樹哥從昨晚到現在都沒吃過東西吧？我買了便當放在一樓櫃檯，你先吃完再出門。」黑髮魔女婉轉地展露內心的體貼，「如果連你都病倒的話，就沒有人會再幫我整理書櫃了……」

阿樹只能看著鈴蘭露出苦笑。

吃完飯的阿樹跨上了電動車，一時卻不知該去哪裡，只能在臺中市的大街小巷間亂竄。

雖然天空的變化非常明顯，可是實際在城市裡移動的時候，他並沒有感覺到什麼實質的變化，一切一如往常。表面上，這座城市依舊以自己的步調過著每一天。

阿樹路過了先前繪製街頭藝術的廣場，魔女那擬真的冰川地畫仍留在百貨公司前方。

「百貨公司呢？」讓他感到困惑的是，這裡現在只剩一座大廣場，加上旁邊有些荒涼的停車場，難道是自己記錯了？

看著這景色，阿樹的心裡也不好受，騎著電動車默默遠離此處。不過他倒是確信了一件事——希瑟的畫作並沒有隨著她離去而消失。

阿樹最後離開了市區，不假思索地一路往西方前進，來到以前常跟希瑟造訪的高美溼地。

他走上海堤，遠望海面，時間已近傍晚，風車與夕陽的景致相當美好。也有許多遊客走在木棧橋末端的溼地，背著光芒的影子拉得好長好長。他沉默地感受著迎面而來、帶著鹹味的夏風，回想起來也不過是沒多久之前的事，身為助手的他還在這裡看著魔女描繪夕陽的景色。

一想到此，阿樹不禁迷茫了。不管他如何回想，那舉著畫筆、認真思考的少女側臉，明明還帶著一股急於創作的熱情，並沒有對世界的厭倦。是不是在自己復活以後，倔強的希瑟只想給他看最好的一面，不管是夢想或者對未來的期望還有眷戀？相反的，失憶的他從沒考慮過自己想要什麼，或能為魔女做些什麼，光是找回記憶與自我認同，便耗盡了所有的心力。

如果我也會畫畫，是不是就能理解希瑟的想法呢？

阿樹突然意識到這點，他看著舉起的雙手，現在的他是人類，有能夠去追求「改變」的自由。然而命運卻也潑下了一盆冷水，就算他此刻站在希瑟待過之處、將她見過的風景納入眼底，身旁的故人也已不再。

「即便如此，那也不會是沒有意義的事情……」

陪我一起去尋找並記錄——連我也能睜大雙眼感慨的，最美麗的色彩。那是這過於漫長的旅途中，我一直在追求的夢想。

他想起魔女曾說過的話，心中默默下了決定。

整個下午的徬徨並非一無所獲，阿樹本想就這樣離去，然而，只是無意識地朝著希瑟常常駐足作畫的景觀臺瞥了一眼，卻看到了相當熟悉的景象。

阿樹瞪大雙眼，那裡立著畫架與繪畫的工具，有一位女子正在畫畫。她的視線在畫布與風景間來回移動，拿著畫筆仔細塗抹。

那是一位留著棕色長髮、穿著白襯衫與綠長裙的美麗女子。不只是髮色，從修長的身型也看得出來與希瑟的明顯不同，可是阿樹仍然受到吸引，默默來到她身旁。

不只是相似的場景，女子會出現在這裡的緣由、以及她動作中的某些細節，都吸引了阿樹的注意。

他斟酌再三，還是開口了，「妳來這裡畫夕陽？」

那是對熟人搭話的語氣，其實阿樹認識這個人。

專注畫著高美溼地的女子停下手邊的動作，看到阿樹時眼上閃過一絲訝異，不過很快就露出了友善的笑容，「是阿樹呀，你也來看夕陽嗎？」

阿樹沒有正面回答，只是凝視著女子美麗的雙眸，接著轉頭望向將落入海平面的夕陽。

「只是剛好閒晃到這裡，倒是今天的風景……很漂亮呢。」

坐在摺疊椅上的女子跟著他的視線望向遠方，「嗯，很漂亮。」

觀察著女子的表情，特別是那雙明亮清澈的眼眸，阿樹這才真正體會到臺灣變成箱庭的事實。透過希瑟認識的這位女子，在阿樹的記憶裡應該是接近失明的，不可能有如此流暢的繪畫動作。

「阿樹想吃鬆餅嗎？今晚請你一份。」

阿樹隨著女子回到她開在東海藝術街的鬆餅屋，他注視著牆上的油畫若有所思。那是女子本來不可能看清的、希瑟送給她的那幾幅高美溼地風景畫，上頭描繪著高美溼地不同時間的美麗風情，有著拂曉的薄霧、豔陽高照的中午，以及染上橘紅的夕陽。

「謝了，不過我還不太餓，請給我一杯熱巧可力。」阿樹勉力擠出自然的微笑，接受了女子的好意。

她有一個好聽的名字，叫做林芊柔。記憶裡，女子的個性本來就相當熱情，也有因視覺障礙而培養出的堅強。他跟希瑟造訪過芊柔的鬆餅屋幾次，看過希瑟親手將油畫送給她。

嚴格來說，芊柔並非全盲，不過從她眼中看見的世界非常模糊，所有顏色都攪和在一起，更不可能辨別油畫的內容，那時希瑟還用口語說明了高美溼地的風景。但即便天生近乎失明，芊柔還是靠著觸感以及對顏色的想像作畫。她的畫作有著不可思議的色調與獨特的魅力，在臺灣小有名氣，得以進駐東海藝術街，並在這裡開了間鬆餅屋。

但現在魔女已經不在了，看著在吧檯準備餐點、與員工嘻笑打趣的芊柔，阿樹猶豫著該怎麼開口。

思索間，芊柔已經準備好阿樹的熱可可和自己的花茶，端到他面前的木桌放好，接著隨興地坐到他對面。

低頭拿小湯匙攪動花草茶，芊柔開玩笑地說道：「鈴蘭姐的天鵝座書屋不缺有緣人，但你在大白天翹班還是不太好吧。」

阿樹一愣，他從這句話中注意到奇怪之處。他確實會幫鈴蘭的忙，但對外的名義始終是希瑟的助手，而且印象中他也沒有跟芊柔提過這些事情。

他暫且將這疑問放在心中，先笑著回應對方，「妳也開了間鬆餅屋啊，大白天就去畫畫不務正業，員工很辛苦耶。」他順勢和在吧檯忙碌的女員工打了聲招呼。

芊柔聳了聳肩，「平日鬆餅屋也沒什麼人，賣畫還比經營商店有賺頭。」

那是因為妳的藝術創作有著不輸魔女的魅力啊。也許希瑟是從芊柔身上看到人類的韌性和可能性，才會做這個選擇的吧，阿樹落寞地想著。

「既然這樣的話，單純開藝術工作室就好了吧。」

「嗯……是這樣沒錯。」芊柔想了想，啜了口花草茶後笑道：「我只是想在年輕時多做點事。」

那雙深邃美麗的黑瞳讓阿樹有些觸動，印象中的芊柔雖然不因視障而沮喪，但總覺得開朗的笑容中帶著幾絲沉重。

「也要感謝所有欣賞我畫作的朋友們，而且做鬆餅也很有樂趣。」

「也許妳可以將兩者結合，把小張的圖畫埋進鬆餅裡當作噱頭。」

女子眨了眨眼，她當然知道阿樹是在開玩笑，「哎？這想法好像不錯，是幸運鬆餅而不是幸運餅乾？不過弄不好客人就要來檢舉食安了吧。」

一邊跟芊柔閒聊著，阿樹卻一直在想著某件重要的事情。

斟酌再三後，他還是硬著頭皮問道：「抱歉這麼問有點不禮貌，不過我有點好奇……妳是在這幾天回復視力的嗎？」

現在的芊柔是什麼時候得到這個奇蹟的？昨天傍晚？比起揣測，不如問個明白。

可是對方卻眨了眨眼，一臉納悶。阿樹觀察著芊柔的反應，一種不協調感油然而生，讓他坐立難安。

「嗯……」芊柔斟酌著要怎麼開口，最後還是輕聲說道：「不是這幾天喔。印象中有跟你提過，我高中時生了一場大病後視覺開始衰退，不過後來醫治好了，也沒有留下什麼後遺症。這段往事影響了我的人生觀，讓我想好好朝自己的夢想努力，也就是畫畫呢！」

咦？照理來說箱庭是昨晚建立的，可是芊柔卻說回復視覺已是多年前的事情。

阿樹原本以為，希瑟帶來的奇蹟是從昨天傍晚才開始的現在進行式，但魔女改變的世界似乎比他想像的還要複雜許多。

「如果妳早就醫治好雙眼的話，就不會注意到魔女的畫廊，也不會遇到希瑟才對，更不可能會認識我……」

這每個環節理應環環相扣，有因才會有果。而且在阿樹的記憶中，是箱庭魔女聯繫起了一切。

但在女子臉上浮現的卻是微微皺眉的困惑，「希瑟……」

芊柔似乎對這名字感到陌生，就像——

阿樹睜大眼睛，吞了吞口水，他以顫抖的手指向高美溼地風景畫，「這些畫……是希瑟送給妳的。妳還記得她比手畫腳地說著高美溼地多美嗎？不管是那一整排的風車、黎明與夕陽，或者是在溼地邊緣玩耍的孩子們……」

阿樹腦海中浮現的，彷彿那還是昨日的情景。穿著洋裝的雙馬尾銀髮少女舉起自己的畫作，在女子面前努力敘述風景的美好。希瑟總是用著只有自己才能辦到的方式，努力幫助著認識的人們。

「她送妳這些畫，想鼓勵妳堅持下去。妳……」他瞪大雙眼，極力不讓痛苦的情緒顯現在臉上，「不該忘了她呀……」最後，那只成了無力的嘶吼。

阿樹拉高聲音的質問甚至引起了不遠處員工的注意。

「我……」芊柔的表情相當複雜，似乎也不知道該怎麼跟阿樹解釋。

她喝了口花草茶，再次直視青年。

「對不起，阿樹。」女子的臉上充滿歉意，「我沒有印象了，那幾幅風景畫確實是一位好朋友送的，這點我相當清楚。可是我記不起詳細的過去，有些朦朧。」

沉默了數秒，芊柔緩緩說道：「包括你說的希瑟——**我的記憶裡並不認識這位女孩子，是外國人嗎？**」

就算是沒有實質殺傷力的言語，那也是過於無情的死刑。

這算什麼？

阿樹只能跟芊柔說聲抱歉，離開了鬆餅屋。

夜幕已然降臨，迎著夏風的阿樹怎麼樣都冷靜不下來。他希望只是芊柔的記憶不好，這個箱庭裡得到畫作的人類並沒有真正忘記魔女，只要查看魔女畫廊的粉絲專頁就能明白了。

灰暗的天空下，阿樹急迫地臨停在路邊，打開智慧型手機，反而揭露了殘酷的真實。

他有將粉絲專頁加到瀏覽器書籤裡，現在那個連結卻消失了。他全身猛烈顫抖著，不死心地打開社群網站首頁，鍵入「魔女的畫廊」搜尋。

眼前的畫面卻讓他再也握不住手機，任其摔落地面。

「怎麼會……」粉絲專頁，怎麼搜也搜不到。

不可能的……寒意從脊椎竄起，他本來以為有那麼多認識希瑟的人，或許能一起哀悼、抒發痛苦。

但那些機會、那些記憶，全都連同希瑟的存在一同消失了。

只被少數幾人記住、孤獨地離去，這就是妳的選擇嗎……

阿樹不敢置信、也無法接受，徬徨的他幾乎連支撐身體的力氣都快喪失了。

他咬緊牙根，意識到自己有多麼沒用。既然不敢繼續找其他人確認，那總能間接驗證真相吧。

跨上電動車，他決定繞去一個地方看看。

目的地是他們之前擺攤過多次的草悟道，如果找路人或者攤位老闆詢問，總會有人見過希瑟、和她說過話吧？即便他深深明白這只是逃避面對現實的舉動。

當阿樹騎到草悟道附近時，映入他眼簾的卻是過於無法理解的景象。雖然稍早前便隱隱約約感到異樣，但當他看見草悟道的現況時，不禁感到一陣暈眩，幾乎要站不住。

他連電動車都沒停好便跌跌撞撞地跨過了草悟道的護欄，想像著眼前炫目的燈光與熱鬧的人潮——對著那片突兀的荒地，只能空虛地想像著。

本來的草悟道，此刻已不復存在。其實騎車的路上，阿樹就注意到了整座臺中市布滿了大大小小的「空洞」，本該在冰川廣場前的百貨公司也消失了。

成為了箱庭的臺灣，是比表面更加殘酷，或者更接近魔女的真實的產物。就像那原本的語意，箱庭中零散的砂石與植栽都是有限的，為了塑造出更美好的小世界，就得做出更多的選擇與犧牲。

阿樹這才明白鈴蘭昨天所說的話。成為箱庭的臺灣，就算成就了少數人的幸福，也將變得不再完整。

而身處其中的阿樹，此刻只能呆愣地看向天空。

無數方塊在夏夜中輕盈地飛舞著，每一個小方塊或許都是微小的命運本身，可能來自一段珍視的緣分、某個充滿回憶的場所、一生留下的軌跡。從整體的角度來看，生命從誕生到歸於虛無也只不過是龐大宇宙的一部分。生命本身蘊藏著無限可能，但有限的一生、乃至命運，皆不可能讓每個存在都發揮最大的可能性。

追求藝術的箱庭魔女，本想透過自己那對雙瞳與繪畫的技術，從畫作中尋找無限。但成為魔女後卻認清了自己的極限，以及人類的有限。

箱庭魔女惋惜、嘆息著這一切。她無法改變整個世界，就算有這能力，那也是人類才可能持有。

所以，她決定創造一個箱庭。一個將資源重新分配，讓這片土地稍微溫柔一些、不幸減少一些的箱庭。那不是烏托邦，只是能滿足她所眷顧的、她在意的生命的小世界。

但每個奇蹟與幸福都有相應代價，就像海洋中的藍鯨吞食大量浮游生物維生，即便是再微小的什麼，那也是本該存在的份量。那些浮游生物撐起了整個生態系，如同箱庭中的方塊。任意將方塊重組出新的世界，是企及神、也褻瀆神的行為，而這便是魔女的行徑。

「如果是阿樹你的話，會怎麼想呢？」每當她在畫室獨處時，總是會想著這個問題，決心卻不曾動搖過。

魔女每晚總會隱隱約約做著惡夢，彷彿聞到當年的煙硝與焦臭。她自認自己的心早在那棵櫟樹於戰火中倒下時，也隨之燃燒殆盡。

但希瑟沒有意識到，在做這個決定的時候，她並非無情的魔女，而是混入了更加自私的人類情感，並且希望有個人能給予她答案。

「姐姐的能力，並沒有辦法帶來真正的奇蹟。」

當阿樹精疲力盡地回到書屋，同為魔女的鈴蘭早已明白一切。

「就像在沙灘堆起一座沙堡，放眼望去，沙子彷彿無窮無盡，但以整體的角度來說，它們的總數仍是固定的。箱庭的本質就是將沙堡打散，重新構築成魔女想要的形態。沙子被賦予的外型不同了，必然就有其他部分被捨棄掉了，這就是你今天所看到的世界。你認識的女子回復了視覺，或許就是有對應的部分消失了。」

迷茫的阿樹只能這麼反問：「那，妳說與世界為敵的意思是……」

鈴蘭沉默了片刻。她知道必須將事實全部告知阿樹，讓他自己做決定，這也是希瑟姐姐的願望吧。

「希瑟姐姐所築起的這個箱庭，只要獲得她的允許，是能夠輕易被外力破壞的。阿樹哥知道她送了魔女的畫作給很多人吧？」

「嗯……」

鈴蘭點了點頭，繼續解釋，「那些畫作，就是這座巨大箱庭在各地的『端點』。每幅畫作的深處都藏著深層箱庭，只要將深層箱庭中接收方塊的觸媒毀掉，最終就能破壞整座箱庭。這麼做，或許希瑟姐姐就會回復原樣。我相信姐姐特別為你保留了進入深層箱庭的權限，所以你的記憶才沒有被消除。」

「但是破壞深層箱庭，也就代表……」

鈴蘭聽出了阿樹的不安，沮喪地點頭，「是的，你必須親自毀掉那些人此刻的幸福，讓這座島嶼回復原本的樣貌。」黑髮魔女垂下了頭低喃，「儘管那或許是有代價的奇蹟。」

「……請讓我靜一下。」阿樹沒有馬上回應，逕自離開了。

要一步步親手毀掉每個人最懇切的願望嗎？

這其中包括了昏迷的張太太、期望神社被人記得的小狐狸、還有血癌的高中少女與消失的北極熊……

「這怎麼可能……」辦得到呢？

了解箱庭的真相後，阿樹已經喪失繼續思考與前進的力氣。

每一天他所做的，就是躺在床上睡眠，只有鈴蘭看不過去到踢他一腳時，才會下床吃個飯、隨便洗個澡。房間也漸漸堆滿雜物與垃圾，但阿樹一點也不在意，也沒想過要離開這間書屋。

他已經徹底失去前進的動力了，或者說，他找不到救回希瑟的正當理由。

就算知曉讓箱庭魔女回來的方法，他也沒辦法說服自己。看到芊柔、甚至是草悟道的變化後，阿樹才理解這是在他離去後的數十年間，希瑟自己思考得到的答案。

之前信誓旦旦要救回魔女的自己，實在是太天真了。要犧牲許多事物去成就少數人的幸福，他從沒想過希瑟會做這樣的事情。阿樹一直期望希瑟只是普通的可愛女孩子，能夠永遠陪在無趣的他身邊……

但事實已呈現在眼前，箱庭魔女做出了覺悟，即便先讓自己重生，這一個多月的相伴也沒有改變她的決心。面對希瑟的覺悟，阿樹不知該怎麼做好準備。

說到底，他成為人類、獲得自由也不過短短一個多月。以人類來說，根本還是稚嫩的嬰兒。所以被留下的人就此頹靡，只能渾渾噩噩地度日。

兩個星期後的禮拜一，這天本該是一週的開始，但吃過飯的阿樹只是待在畫室裡，呆滯地望著希瑟留下的空間。

鈴蘭只是無奈嘆氣，「阿樹哥，你這樣一動也不動，不如回去當樹吧？」

滿臉鬍渣的阿樹只是以空洞的雙眼注視著一張空白畫布。

「那也不錯呀……如果我只是棵普通的櫟樹，希瑟是不是就不會變成現在這個樣子？」

鈴蘭臉色一變，憤怒地舉起手想揍他，但最後仍舊放了下來。她忍著難受的情緒嘆口氣，「隨便你怎麼想，我以為你是更有骨氣的人。」

轉身準備離去的她，在門口拋下一句：「希望你好好想想沒有被姐姐拿走記憶的原因。」

就算聽到了哽咽，阿樹也沒有回答鈴蘭。他的目光，依舊停留在什麼都沒有的畫布上。

最後，阿樹就在畫室裡默默坐了一整天。

他對鈴蘭說的並不是謊言，他是多麼想放棄意識，因為成為人類要面對的真實太過痛苦、太過令人無力了。

「過去，是妳引導著我……」

希瑟不在後，他就失去了判斷的能力。但一直這樣發呆下去，以人類來說是不可能辦到的事情。阿樹想起了一件事，是不久前那次出門時，他想嘗試看看的事。

外頭早已入夜，他離開工作室來到希瑟的房間。

小希瑟理所當然地並不在這裡，幾週以來，她就只是站在屋頂看天空，就算午後突然來了陣雷雨也沒有半點反應。

阿樹在工作桌的抽屜裡翻找，很快就找到了油畫用的塑膠調色盤、畫筆、刮刀，以及調和油等工具……

還有最重要的顏料。此刻阿樹只拿了白與灰、還有那個過去或許很珍貴的藍。

——群青色。

阿樹回到畫室，坐上空白畫布前的木凳，將各種顏料用力擠在調色盤上。

過了一個月，他仍然連油畫的新手都稱不上，不得不露出了苦笑，自己竟然還自稱是畫家的助手。他模仿著記憶中希瑟的動作，將畫筆沾上色彩，照著印象去塗塗抹抹。將單一的色彩隨意、粗暴地揮灑在畫布上，並不在意成果。

阿樹也知道自己不過是在發洩情緒，但如果不抒發，他遲早會徹底崩潰。就像野獸用爪子在獵物身上刮動，看著畫布上胡亂畫出的軌跡，阿樹的心情也越來越煩躁。最後他抓亂頭髮、一把將畫筆扔出，踢倒擺放繪畫工具的木椅，任由調和油與顏料散落在地。

他關掉畫室的燈，無助地蜷縮在地板上，這樣的動作才能讓他安心片刻。即便已無法想像不存在的希瑟未來會如何了。

不知不覺間，阿樹睡著了。當他再次醒來時，首先感覺到的是後腦杓的疼痛，大概是睡在地板上的關係。

這幾週以來，意識都處於朦朦朧朧的狀態，會在半夜突然醒過來也不意外。又或者是因為傳入耳中的動靜——阿樹本以為自己聽錯了，但當他睜開眼睛時，確實看到面前隱約站著一個身影。

一片漆黑的畫室中沒有任何光源，阿樹卻認出了對方。

是小希瑟。銀髮女孩的眼瞳發著淡淡的紅光，在黑暗中顯得相當神祕。

「……妳怎麼在這裡？」

阿樹仔細一想，雖然自己不小心在畫室睡著了，但鈴蘭每晚都會上樓巡一下，應該會把小希瑟抱回房間才對，沒道理小希瑟會出現在這裡。

那頭銀髮彷彿能灑出月光的微粒，小希瑟沒有回應，不過阿樹卻注意到她的目光所凝視的方向。

「不會吧……」他踩著踉蹌的步伐走到牆邊，打開了燈光。但當視線變得清楚後，證明了他看見的並非幻覺。

小希瑟出現在這裡的理由，她凝視著的——是畫布上的群青色。

明明只是不存在一絲靈魂的空殼，但小希瑟仍被吸引到了這裡，本能地凝視著畫布上單純的群青色，不願移開目光。那或許是烙印在靈魂最深處的、最初的渴望。

這個很貴喔……那漂亮的藍——叫做群青色。

糾結在內心的死結解開了。

就算希瑟做了這麼多痛苦的選擇，她還是一開始的那位女孩。想要畫出美麗的畫作，追逐著自己的夢想。正因為從未動搖過，當所有的一切都從她身上剝離後，一無所有的小希瑟仍然嚮往著群青。

阿樹發現自己或許誤解了，小希瑟並非凝視著異樣的天空，而是純粹注視著天空。就像他曾對希瑟說過的，他想去尋找天空的其他色彩，想展開一次旅行。

這段旅程還沒結束。自始至終，她都是希瑟。

全身顫抖著的阿樹抱住了小希瑟，將臉埋進她的後背。就算看不見少女的笑容、感受不到她的情緒波動以及溫柔的言語……

「啊……」

阿樹還是哭了，痛痛快快地哭了。跟數個小時前出於憤怒揮灑的群青不同，這次能夠發自內心地好好地哭一場。

那蓄積的不解，從此刻小希瑟的目光中得到了解答，也重新確定了他的決心。

重塑這個世界，這並非妳所該做的抉擇。妳不是神，也不是魔女。妳只是在追尋夢的旅程中，走了岔路而已。

這便是阿樹成為人類後，第一次以自己的自由意志獨立思索出的答案。

妳啊，一直在尋求著群青色嗎？

希瑟，如果這就是妳的答案……

那——我便會拯救妳。

即便，這最後旅程的結局注定哀傷無比。

藉由芊柔店裡的畫作，阿樹確認了自己確實能進入深層箱庭。深層箱庭中接收方塊的觸媒，竟是跟自己前身一模一樣的櫟樹。果然是魔女的惡作劇啊。望著面前扎根的綠樹，對於希瑟那明明白白的「愛」，阿樹忍不住苦笑。

他從鈴蘭那裡打聽魔女畫作的所在地後，開著休旅車踏上了毀掉魔女留下的奇蹟、猶如末世魔王的旅行。

這理應是漫長與孤獨的數年，卻漫長而充實、孤獨而愉快。

阿樹不想辜負希瑟對他的期望，他親自踏出的每一步，在破壞魔女畫作的同時，也盡力享受著旅途中的所見所聞、所有的相遇別離。

你覺得魔女的雙瞳能看到什麼色彩呢？

希瑟曾問過他這個問題，過去的阿樹回答不出來，但現在的他能以自己的雙瞳、真正去看見這個世界上的不同色彩。

阿樹也要求自己必須了解每一位畫作擁有者的現狀，親身體會他們獲得改變後的幸福與煩惱。儘管那些持有者不會有相關的記憶，阿樹卻不希望遺忘這一切。

那樣，是對那些人、那些心願的褻瀆。

阿樹堅定的行動讓鈴蘭有些擔憂，深怕他心理負擔過重。不過從結果來說，深層箱庭以緩慢但確實的步調被破壞著。

而那件事便是發生在端點數量已少了大半的時候，大約是阿樹展開旅行四年後的春天。

那天，阿樹發現北極熊的魔女畫作並不在動物園，而是在一位想再見到北極熊的動物園老員工家中。希瑟那天是不是瞞著阿樹，或者是在之後才將畫作送給對方的呢？

當青年思考著這些時，口袋裡的手機響了，「阿樹哥，請你趕快回臺中一趟，有大事發生了！」

阿樹聽出鈴蘭話語中的興奮情緒，但不管他怎麼詢問，鈴蘭都不願說出實情，他也只能驅車南下，趕回臺中。

他來到三樓希瑟的房間，鈴蘭坐在床邊，流著眼淚抱住了床上的小希瑟。

看著眼前的情況，就連阿樹也相當驚訝。穿著白棉睡衣的銀髮小女孩半坐起身，那困惑的眼神投向了剛踏入室內的阿樹。

小女孩睜大了眼睛，好奇地觀察著青年，「阿樹？」

有一股酸意湧上喉頭，阿樹差點沒忍住眼淚。自己的努力獲得了回報，小希瑟真的醒過來了。

但在隨後的交談中，阿樹卻察覺奇怪的地方。現在的小希瑟雖然重獲意識，也記起阿樹和鈴蘭、知道他們對自己很重要……

「抱歉，我沒什麼印象了……」

可只要多問一些細節，她就完全沒有記憶了。

鈴蘭和阿樹討論著觀察的結果。

「或許是魔女畫作還保留一大半的關係，現在的希瑟姐姐還沒記起自己是誰。」

「但只要持續下去，希瑟就會回來了吧？」

面對滿心感動的鈴蘭，阿樹內心卻另有盤算。

而失憶的銀髮小女孩，理所當然地問出了這個問題。

「鈴蘭姐姐和阿樹，那個……我叫什麼名字？對不起，我什麼都不記得了……」

沒想到姐姐連名字都忘了，卻仍記得他們的存在嗎？鈴蘭剛要說出她的名字，卻被阿樹抬手制止。

阿樹站起身，輕輕拍了小女孩的頭，「妳叫做艾莉卡喔。」

「艾莉卡？」

阿樹露出溫柔的笑容，「是歐石楠的花名。」

鈴蘭在深夜將阿樹叫到了天臺，質問他下午的舉動。

「阿樹哥，為什麼要隱瞞希瑟姐姐的名字……」

歷經數年的孤獨旅行，看起有些滄桑的青年趴在護欄上，望著這座城市的萬千燈海。

「我希望希瑟能以艾莉卡的身分暫時生活一段時間。」

鈴蘭是希瑟重要的伙伴，也是推動自己前進的朋友，所以阿樹也沒打算隱藏，將內心的考慮全說了出來。

「現在的她已經有了意識，如果她願意的話，我想帶著希瑟——艾莉卡一起旅行。」

「旅行嗎……」

阿樹點了點頭，「當然，這件事也需要妳的同意。」

「我可以問你真正的想法嗎？」

阿樹再次轉頭注視著這座城市。箱庭魔女曾經在這裡放出了無數天燈，那種漫天燈火的美景，他也在不久前親眼看過了。

他只能說，有太多的景色，遠遠比箱庭呈現的更加漂亮。

「是我的私心。一個月太短暫了，我希望再多陪希瑟一點時間。那一個月，我們只去了幾個地方，這次我想帶著她跑遍臺灣各地。」不再只是虛擬的箱庭，而是更多真實的場景。

「至於為什麼要用歐石楠而不是帚石楠……」青年閉起眼睛，「我希望希瑟能夠盡情享受這段最後的旅行。以艾莉卡這個普通孩子的身分，重新認識這個世界。」

或許她也能在這次的旅行中收穫什麼，在他離去之後化作養分，這便是阿樹對艾莉卡這名字寄予的期望。

黑髮的魔女沉默許久，最終無奈地嘆了口氣，「我同意你的決定，只是……」

欲言又止的鈴蘭來到阿樹身旁，一同注視城市的美麗燈海。

鈴蘭知道阿樹和希瑟姐姐之間的感情，所以對於阿樹的決定，做為妹妹的她肯定會接受。只是，她的猶豫是對於更加久遠的未來，在那可預見的結局之後。

「阿樹哥，你不再多考慮一下嗎？最後那一幅畫或許不用燒掉……」

最後那一幅——使阿樹得以存在的畫作。

鈴蘭並不是特別在意其他人類的狀況，但唯獨對阿樹，鈴蘭有著宛如家人的感情。

在她看來，阿樹就是魔女畫作的奇蹟，若是只保留這一幅畫，實際上也不會有很大的影響。

鈴蘭相信，希瑟姐姐也希望阿樹能陪在她身邊。

然而，當事者只是抬頭看著都市寂寥的無星夜空。

「鈴蘭，我去平溪放天燈的時候，許了一個願望。」他的嘴角微微勾起，「妳聽得到吧，我的願望？」

雖然有點作弊，但鈴蘭確實偷偷聽到了。

「嗯……」所以，黑髮魔女哽咽了。她清楚地明白，阿樹的心意已決。

「這個世界，是不公平的。」阿樹低喃著。

只要是生物，都會畏懼死亡。但正因為如此，他也該把未來還給原本擁有這具軀殼的他。不能只有他人回復原樣，自己卻獨享著這藉由剝奪得來的自由。

望著在天際拉起的無數銀線，阿樹希望這座巨大的箱庭能夠完全消失。

所以他才會在天燈寫上那個願望，代替希瑟寫了上去。

那個心願就是——

A Summer
for the Witch

Chapter 11.

[最後的選擇]

當她再次重獲意識時，首先迎來的是一陣清風，耳邊則是枝葉沙沙的聲響。

銀髮小女孩茫然地放眼望去，那是熟悉的翠綠色田野以及和緩的山丘，是夢中見過不只一次、真實存在於故鄉的景色。

眼前的一切不再如油畫模糊，但她卻感到相當惆悵，因為這代表自己真正離開了這美好的夢境，走入殘酷的現實。

小女孩抬起頭，看著微風捲動枝葉，一片片綠葉灑落在樹旁的石屋頂與畫架上。

她多麼希望，能夠永遠停留在這段時光之中。

「旅途愉快嗎？」但事與願違，那如銀鈴般的聲音提醒了她。

銀髮小女孩回過頭，面前的是放下一頭銀白秀髮，穿著純白洋裝的美麗異國少女，猶如妖精夢幻，也彷彿隨時會消逝。是長大後的自己。

少女牽起了小女孩的手，兩人就像親密的姐妹。

「很快樂，我有很多很多故事想告訴妳……」小女孩的語調帶著興奮，像是登上山頂迎來的曙光、冬夜的夜空、那片海灣的珊瑚礁，還有許許多多的人事物……

但她隨即想起這一切都將回復原樣了，嬌小的身軀因而顫抖著，露出了痛苦的表情。

少女露出了微笑，「嗯，沒關係，之後我都會知道的。」畢竟我們是同一人。

帚石楠和歐石楠都是箱庭魔女的一部分，既然如此，為何還沒有合而為一呢？

銀髮少女鬆開小女孩的手，向後退了幾步。

她以安詳的笑容，凝視著小女孩身後那棵搖曳著枝葉的綠樹——她們的摯愛。

「在離開夢境前，我想告訴妳一個祕密。」

「祕密？」

少女點了點頭，「阿樹很快就會破壞剩下那幾幅畫裡的端點了。但……」

她豎起食指，放在自己的唇邊。

「儘管鈴蘭知道了位置，只有這最後一幅畫阿樹無法真正觸碰到。」

為什麼？明明是自己，小女孩卻一點都不明白對方。

「因為……」銀髮少女——芾石楠露出惡作劇的笑容。這一刻，她才難得像個魔女。

「最後一幅畫，就放在這裡。」微笑的她豎起了手指，指向某個方向。

夢境結束了。

銀髮小女孩甦醒過來……不，不再是如此了吧。

看著熟悉的大書櫃與畫畫用的工作桌，這是自己的房間。她拿起床頭櫃上的鏡子，眼前映照的瓜子臉蛋，不再是稚嫩的艾莉卡。

已經成長到原本將要成熟的少女姿態，那緋紅的雙瞳猶如紅寶石，長長的銀髮因為剛起床而稍顯凌亂。

鏡子中的自己，眼角流下了淚水。少女用手背抹去了眼淚，低頭看著自己的身體——是夢中那件白洋裝，雖說不是對自身的美貌過度自信，但遠遠看起來或許就像朵白百合吧，她無趣地想著。

艾莉卡離去了，或者說已成為了記憶的一部分。現在的她毫無疑問是箱庭魔女希瑟，雖然還差了一點，並不完整。

希瑟的迷茫並沒有持續太久，畢竟另一位魔女無時無刻都豎著耳朵。門很快就被打開了，黑髮的睡衣魔女一見到坐起身的希瑟，淚水就在眼眶打轉。

「希瑟姐姐……」她奔了過來，張開雙臂將姐姐用力抱在懷中。感受著對方柔軟的身軀與溫暖的體溫，本來心情冷淡的希瑟也只能拍拍她的背，「抱歉，鈴蘭……」

「嗯，沒關係的……」盡情享受久別的重逢後，鈴蘭才鬆開手。

「姐姐已經躺了好幾天了，想不想吃什麼東西呢？雞排？珍珠奶茶？還是臭豆腐？」

「臭豆腐我在身為艾莉卡的時候早就克服了喔，我才不怕。」希瑟微微勾起嘴角說道，但語氣有些無力。

其實她的肚子並不餓，因為有一個更重要的念頭正催促著她。

「阿樹在哪裡呢？」

仍穿著洋裝的希瑟，在四樓的畫室見到了阿樹。

或許是因為自己從艾莉卡重新長大了，也或者是這中間流轉過了不少歲月，希瑟覺得現在的阿樹側臉已經不像最初看到的那樣稚嫩，而是歷經磨練與滄桑的瘦削。

他那燒掉魔女畫作的旅行不會一無所獲，不如說過於沉重了。就算在希瑟的記憶中，旅行的阿樹仍是笑容滿面，但……

沒有冷氣的畫室裡架了幾臺電風扇，青年穿著短袖襯衫與牛仔褲，額頭滿是汗水的他專注在面前的作品之上。

他正在作畫。

醒來後就一直十分平靜的希瑟，直到此刻眼眸才掠過一絲波動。阿樹代替了自己，仍走在夢想的道路上。

銀髮少女默默拉了張椅子，坐到阿樹身旁。

「妳醒了？」

有些出乎她的預料，不同於喜悅之情溢於言表的鈴蘭，阿樹並沒有出現激動的情緒變化。或許他也對這天做好覺悟了吧。

「嗯。」應了一聲的銀髮少女點點頭，看著青年正在創作的作品。

那是一片廣闊的天空。以大量的深沉藍色為主色調，比起天空，或許更像是海洋。就算是以大量的單色調做為基底，如今的阿樹已經能夠輕鬆駕馭。

在藍中點綴著形狀似魚的幾抹白，究竟是魚群還是雲朵呢？畫面有著大量的想像空間，也豐富了原本的單一色調。

「是群青色呢。」希瑟平靜地點出。

「是啊。」

阿樹露出微笑。這幅畫是他想送給希瑟的第一份禮物，在相隔那麼多年的重逢之後。

當艾莉卡與穿著喪服的希瑟碎成方塊散去時，阿樹焦急如焚，直到接到了鈴蘭的電話。回復成少女樣貌的希瑟竟然出現在自己房間的床鋪上，但始終沒有甦醒。

他已經等待了將近一週，這幅畫作也差不多完成了。

阿樹抹去額頭的汗水，「希瑟……」

他想說些什麼，但銀髮的少女卻突然站起身，猛地湊到他面前，在青年的臉頰上落下一吻。

「……」阿樹默默注視著希瑟。明明是幸福的重逢，不安卻隨著時間過去更加增長。

因為本該露出笑容的少女，此刻仍舊帶著過於平靜而顯得詭異的表情。

「阿樹，你的繪畫技巧變好了。」

「是啊，畢竟有這麼多年可以練習。」

希瑟看著那幅畫作，這片群青——連結了過去與此刻。

有一瞬間，她的腦海裡閃過了老畫家畫中的那片蔚藍海岸。真是懷念呢……

在片刻的沉默後，箱庭魔女再次開口，「我不會再畫畫了。」

「……」青年沉默了。

這樣語氣沉靜的希瑟，阿樹曾經在哪裡看過——初次來到山丘上時心死的她；畫出黑死病與許多負面陰暗的畫作時，彷彿對一切絕望的她。

如今，希瑟也不再隱藏自己的陰暗想法。她默默從阿樹身邊退開，在充滿畫架與畫作的畫室中逡巡。

「你們知道最後那幅畫放在哪了吧？」希瑟轉過身，再次面對阿樹，食指指著自己的胸口。

嘴角勾起的魔女似乎帶了幾絲撫媚，阿樹卻沒有感受到半分喜悅

「就在這裡，我的魔女心臟裡。」接著，希瑟話鋒一轉，「請原諒我對小狐狸和你的背叛……」

最終，她只是露出了平靜的笑容。

「我不會交出來的，你的畫作。」

越是直面陽光，背後的陰影便拉得越長。

阿樹原本以為艾莉卡的回憶能夠為希瑟帶來改變，或者為她帶來新的啟發。

希瑟雖然確實很珍惜艾莉卡與阿樹共創的回憶，然而，那對希瑟來說卻太過於幸福耀眼，反而感到了絕望。

正因為希瑟不想遺忘，也無法放下自己犯下的過錯，所以她無法再次前進。

並不是躊躇不前，也不是自甘墮落，而是近乎認命，只想維持現狀的每一刻時光。

醒來之後的每一日，希瑟只是偽裝成普通的少女，總是穿著那件與這漫長夏日相當匹配的連身白洋裝，散著一頭長髮。

她喜歡在一樓的天鵝座書屋找書看，例如之前鈴蘭推薦的《A子不會預言自己死亡》。也會跟沒有血緣的妹妹去臺中七期的百貨逛街購物，消耗不少鈴蘭的存款，換來對方哭喪的表情。

當阿樹載著希瑟到高美溼地，她站在海邊的木棧橋上，迎著黃昏與涼風，她撥弄著耳鬢邊的髮絲，露出平靜幸福的笑容。

在不認識希瑟的陌生人眼中，或許只會覺得她是一位優雅而美麗的北歐美女吧。可是阿樹和鈴蘭都知道，這不是他們認識的箱庭魔女。某一種至關重要的情感，已經徹底從希瑟身上死去了。

阿樹和鈴蘭都一籌莫展，連帶連剩下的幾幅魔女畫作也沒什麼進度。因為他們明白如果就這樣結束一切，希瑟將永遠無法放開心胸。作為心死的魔女，她將接受那漫長生命所帶來的折磨，無法擺脫心境塑成的地獄。

但在猶如海市蜃樓般虛度的每一天之中，只要箱庭魔女沒有完全封閉內心，終究會產生一些變化。

這一天，那位虎背熊腰的男子於午後再次造訪了天鵝座書屋。

穿著西裝仍顯得相當壯碩的男子，一進門就對櫃檯的鈴蘭打招呼，「午安呀，鈴蘭。」

「是張大哥呀！好久不見。」代替打著哈欠的睡衣魔女，在幫忙整理書架的阿樹應聲。

「是很久不見了，上次你們還有去屏東一趟吧？」

「是呀，張太太有好一點嗎？」

對於鈴蘭的詢問，經過這幾年仍相當樂觀的張大哥只是露出爽朗的笑容，「哈哈，謝謝你們的關心。最近她的反應變多了，不過還有很大的進步空間，醫生說這樣持續下去，肯定會有奇蹟發生的。」

阿樹只能祈禱著，這並不是安慰的話語。

在大部分深層箱庭已被破壞的此刻，臺灣這幾年的軌跡其實並沒有被抹煞掉。若將時間比喻成在荒野上前進的火車，這輛曾走入歧路的火車只是接回原本的軌道而已。

在艾莉卡變回希瑟但尚未甦醒的那段時間，懸浮天際的方塊與銀線幾乎都消失了，代表魔女已經失去絕大部分的權限。根據鈴蘭的解釋，宇宙間的平衡會自然剪斷被竄改的時間線，把被剪下的時間線拼回，將這片土地與生活於其上的人們重組成原本的狀態。

既然魔女心臟所改造的箱庭臺灣已幾乎崩解，生活在這裡的每一個生物便會重新找回原本的生活與經歷，讓這龐大到本不可能運算的命運回歸宇宙法則，強行修正回原本的歷史。

而特別受魔女眷顧的阿樹，則是在這幾年的旅行之外，又被置入了一段現在的真實。

……真是不可思議呢，箱庭魔女的魔法。阿樹有些感慨地看著張大哥。他還沒從那段旅行的餘韻中回神，張大哥背後突然冒出一顆頭，是一位可愛的小女孩。

「這位是我讀小學的女兒，張寧。」

綁著麻花辮、身穿綠色小洋裝的小女孩羞怯地走出來，跟大家打招呼，

「大哥哥和大姐姐，你們好……」

阿樹彷彿從中看到了艾莉卡的影子，他露出溫柔的笑容，「妳好。既然是初次見面，我想給妳一個見面禮。」

他隨手一翻，便從手中變出了一支兔子外型的棒棒糖。麻花辮小女孩睜大了眼睛，開心地接過了糖果

「……你還會變魔術喔。」對於納悶的鈴蘭，阿樹吹著口哨敷衍過去。

這不過是過去幾年在學習繪畫之外，向魔術師朋友學的小伎倆，卻能化解與陌生人的隔閡。

看著女兒興奮的模樣，張大哥拍了拍她的頭，「收到禮物就要跟人家道謝喔，這是禮貌。」

「謝謝大哥哥～」

櫃檯後的鈴蘭看著一切。這麼說來，阿樹哥好像特別受小女孩歡迎，不管是變成巫女的小狐狸、縮小的姐姐還是現在這位張小妹妹。

這好像有個專有名詞，叫做蘿莉控來著？

感到不可思議的魔女眨了眨眼，這是她感覺自己應該能「聽」出來，卻

始終都不懂的人心。

張大哥的表情稍微嚴肅了起來，「我這次會來，是有個不求之請。」鈴蘭似乎聽出了什麼，沉默片刻後露出笑容，「這次的書還是要捐給偏鄉小孩子嗎？」

……到底誰會想看天鵝座書屋的書呢？阿樹仍然不知道。

不過阿樹還是把在房間發呆的希瑟叫下樓，因為張大哥想找的人是她。在書屋裡面的辦公室，張大哥觀察著鈴蘭和希瑟，「樣貌看起來沒什麼改變，妳們真的是魔女呢！」

「我們就當作是稱讚了。」希瑟也露出了平淡的笑容，以此應對張大哥。客套結束後，一向直來直往的張大哥就拉入了正題，「聽說妳這幾年沒有在經營粉絲專頁了。」

不曉得是不是希瑟的竄改，現在的真實似乎就是如此。魔女的畫廊已經許多年沒營業了，希瑟鮮少出現在人前，自然也不會將畫作贈送給更多人。

阿樹認為這是箱庭被破壞掉後理所當然的結果，希瑟醒來後也不再建構任何箱庭，或許是以此懲罰自己的所作所為吧。

「嗯。」希瑟並沒有將話說死。

「如果妳最近有時間的話，我……」他看了看身旁的女兒一眼，露出無奈的笑容，「我想拜託妳畫一幅畫，雖然我知道妳的雙瞳很厲害，能夠看透內心，但這次我想指定內容。」

張大哥想指定畫作的內容？

阿樹有些訝異，忍不住瞥向坐在一旁的希瑟。銀髮魔女的雙瞳與表情，仍舊沒有情緒起伏。

張大哥隱約感覺到氣氛不對，但還是鼓起勇氣說道：「我想請妳畫我們一家的全家福。如果需要資料的話，可以提供妻子當年的照片和我們的照片。」張大哥抱住了一旁看起來很落寞的女兒，無奈地笑著。

「上次那張海灘邊的黎明，給了我們家很大的支撐與動力。所以我才希望，如果能有一張全家福，就算是虛構的也好，也能讓女兒不這麼寂寞……」

但……阿樹在心中嘆了口氣，他默默看向一旁。

希瑟仍舊面無表情，「對不起，我很久沒畫畫了。」

「哎？」

那想要到處幫助人，還曾為張太太的遭遇而痛苦的纖細心靈，真的死去了嗎？

在默默思考的阿樹身旁，希瑟繼續說道，「如果您想委託可以找阿樹。」

「我明白阿樹繪畫功力也不錯，只是……」張大哥搔了搔頭，此刻他的笑容就像個大孩子。

他是發自內心喜歡希瑟的畫作，那並不僅是對於魔女明白他們心聲的感動，也有對其累積的技法以及其中豐厚情感的信任。

「只有妳能畫出我們全家。」這是對畫家極高的讚美。

「對不起。」即便說到這個份上了，希瑟還是垂下頭，婉拒了張大哥的委託。

夜半。

阿樹沒有睡得很好，或者說在希瑟醒來後就換他睡不著了。

他以為自己在旅行期間已經承受過不小的壓力，畢竟跟每位朋友的關係越好，在箱庭深處燒掉櫟樹時也會越痛苦，但這一切都遠遠不及希瑟的無精打采讓他難受。

「人終究是自私的呀……」

在非親非故的陌生人與重逢的愛人之間，他終究還是更加在乎希瑟。正因為如此，他也變得更像情感豐富的人類了。那是曾在山丘上無法邁步向前的櫟樹，所無法想像的變化吧。

阿樹決定下床走走。本來只是想騎著電動車，在深夜的臺中市稍微逛逛，或者買個宵夜。不過在他剛打開房門的瞬間，這些念頭都煙消雲散了。

一旁那再熟悉不過的房門開了條細縫，燈光微微從中滲出。

希瑟也還沒睡嗎？阿樹想邀她一起去夜遊，所以輕聲地走到她的房間前。但才稍微推開門，他就注意到裡面的動靜而停止動作。

長廊上看到的滲出燈光，是來自工作桌上的檯燈。

桌上是一張色鉛筆畫，描繪著海洋與珊瑚礁的景致。看著在其中悠游的小丑魚，阿樹立刻想到——那是在國境最南端與艾莉卡、張先生和張太太度過的美好下午。

所以，那並不是張單純的風景畫。在那片湛藍之海中，還有兩位大人，以及陪在兩位大人旁，緊緊抓住他們手的小小美人魚。

這是一幅想送給小孩的畫作吧？並不是全然寫實的風格，而是把浪漫與幻想隨意融合在畫中。雖創造出童話般的景色，希瑟作畫的右手卻瘋狂顫抖著。斗大的淚水不停從她的臉頰滑落，暈開了畫紙。

「對不起、對不起……」魔女在昏暗中低喃，向著已不存在任何事物的虛空道歉。

在彷彿無止境的黑暗中，她是不是夜復一夜地懊悔不已？

那椎心的痛苦，是源自她恣意玩弄他人命運的後悔。儘管那些人不會記得、儘管那些人一如既往地喜歡著希瑟帶來的畫作與救贖。

這才是阿樹認識的希瑟——纖細且溫柔、笨拙又努力的銀髮魔女。

阿樹沒有打擾她，輕輕把房門關上。

他靠在對面的牆上，仰頭看著空虛的天花板，不由得露出無奈卻愉快的笑容。

「真是拿妳沒辦法呀……」

阿樹想起他們最初的重逢，在那有著山丘與綠樹的箱庭之中。

陪我一起去尋找並記錄——連我也能睜大雙眼感慨的，最美麗的色彩。那是這過於漫長的旅途中，我一直在追求的夢想。等到你全都想起來後再做決定吧。

不只是歐石楠，帚石楠不是也在尋求綠樹的庇蔭嗎？

他的心底萌生了一個念頭。

希瑟在半夜偷偷作畫的祕密看似沒有曝露，雖然她相信妹妹有聽到，但鈴蘭始終沒多說什麼。即使如此，這些日子以來，她卻越來越覺得空虛。

「鈴蘭，阿樹呢？」

原因就在於，最近阿樹似乎開始疏遠自己了。明明住在同個屋簷下，希瑟卻老是遇不到那熟悉的身影。每次詢問鈴蘭，總會得到相似的答案。

「他自己去寫生了，畢竟姐姐不畫畫了嘛。」

「這樣嗎……」雖然裝作若無其事，但希瑟撫著胸口的右手卻微微顫抖。

畢竟是她——是箱庭魔女把櫟樹留在了這裡。

是懦弱的她違反了約定，背叛了艾莉卡、背叛了**自己**的期望。所以如今她的樹不再屬於她，也只是自作自受。

希瑟倔強地不發一語，看也不看地抽了本書後，便上樓回到房間。

就這樣，平淡無奇的兩個月過去了。

夏日悄悄結束，那是學生結束暑假開始上學的九月。

這天下午的陽光不太刺眼，希瑟來到了頂樓的天臺，坐在水泥護欄上。上學途中的學生、騎著機車奔波的上班族，以及工地裡賣力的勞工……她靜靜地看著這座繁忙的臺中市。

非人的魔女不屬於人類的群體，也無法體會當學生的感覺。

雖然有著年輕的樣貌，但成為魔女數百年的希瑟對學習沒什麼好感。不論是父親安排的家庭教師，或是後來去貴族學校受的短暫教育……都比不上剛開始向那位老畫家學畫的時光。

那時看到蔚藍海岸而湧現的感動，是這一切欲望的源頭。本來該模糊不清的人類時期記憶，只有那幅畫的色彩依舊清晰。

只要她想，這雙緋紅眼瞳就能看到回憶的碎片、靈魂的深處，或許連宇宙的彼端都可以。但現在已沒有建構箱庭的理由了，之前的奮力一搏最終以失敗收場，她無法為自己深愛的人們帶來真正的奇蹟。

能夠交四十多位朋友好像不錯呢，但我還是比較喜歡到處旅行。

希瑟想起身為艾莉卡的自己，在空無一人的教室對阿樹說的話。

「朋友……」

一想到小玥此刻不知道是怎樣的狀態，希瑟就害怕不已。艾莉卡的電話裡有那位少女的聯絡方式，但她不可能、也不會再打電話給小玥了。畢竟，是自己剝奪了她——或者她男朋友活下去的自由。

希瑟只覺得內心越來越空虛，無神地看著數層樓之下的人行道。跳下去的話，我會死嗎？魔女最多就是碎成方塊，很快便會以心臟為核心重組吧，那麼試一次也無妨不是嗎？

在銀髮魔女打算實踐的前一刻，肩膀被從後頭搭住，阻止了她的動作。熟悉的青年坐到了希瑟的身邊，「妳該不會想要跳下去吧？」

希瑟揪住胸口，但還是維持著冷淡的表情，「要你管。」

這語氣有點像蠻橫的艾莉卡，阿樹笑得更開心了，「反正妳也死不了，所以不要讓我們困擾囉。」

「……」今天的阿樹真欠扁，不對，他一直都是這個樣子。

希瑟轉身跳回天臺上，本來想就此離去，卻被身後的阿樹叫住了，甚至拉住了她的手，「走吧，今晚出去玩玩。」

「……你不去寫生嗎？」

聽到希瑟的反問，阿樹在驚訝之餘笑了出來，「沒想到鈴蘭是用這個爛藉口啊。」

在一樓顧書店的睡衣魔女打了個噴嚏。

阿樹提醒希瑟要帶保暖衣物和足夠的飲水，這讓她越來越不明白他的計畫，不過阿樹還是沒有多加解釋。

一如往常，鈴蘭這次仍然選擇顧家，「姐姐要好好跟阿樹哥玩樂喔～不要再擺苦瓜臉了～」大概又是被鈴蘭製造了兩人獨處的機會，但希瑟沒有感到特別開心。

熟悉的銀白休旅車駛出了書屋所在的小巷。望著將整座臺中市染成橘紅的夕陽，阿樹笑著說道：「真懷念呀，雖然最後一次旅行也不過是數個月前的事情。」

「嗯……」坐在副駕駛座的希瑟只是輕輕應了一聲，心不在焉地看著街景，「我們要去哪裡呢？」

「隨處漂泊。」

真的是字面上的意思嗎？希瑟一臉困惑。

數個小時後，銀白休旅車離開南下的國道，他們一路經過了無數鄉野，看來是真的要駛進南投山區。兩人在山腳的一間便利超商解決晚餐，希瑟並不是特別餓，但還是吃了幾串關東煮，意外的不錯吃。

阿樹單手撐著臉頰，觀察吃著晚餐的希瑟，他露出微笑，「妳還記得嗎？前年我們不是在十一月的武嶺吃泡麵嗎？在那個時間與地點吃的泡麵，真的是人間美味呀。」

「冬天冷死了，你怎麼都挑秋冬上山？」

那是個還不會下雪所以沒那麼多遊客，但山上已經起霧又很冷的季節。

當天預計要看的星空也沒看到，只能對水霧乾瞪眼，縮在車子裡吃用瓦斯爐煮熟的泡麵，雖然真的很好吃，艾莉卡確實超級開心。

所謂平淡卻溫暖的小確幸，就是指這種時刻吧？但現在想想，總覺得有點太寒酸了。回憶起那晚，希瑟的嘴角偷偷勾起。

「拍下來了喔。」笑嘻嘻的阿樹不知何時拿出了手機，將這一幕留下影像。

「……卑弊。」紅著臉頰的希瑟只能再次扳起臉，別開了頭。

之後，銀白車休旅繼續沿著臺二十一線往深山開去。看著窗外蜿蜒的山路及越來越原始的高山樹林，希瑟拿出了粉色的毛外套穿上。九月的高山氣溫已經很低了，這就是阿樹要她帶保暖衣物的原因吧？

往車道外看去，已能看見璀璨的星空。回想起來，以艾莉卡的身分陪伴阿樹的這幾年，除了去見那些擁有畫作的朋友之外，有很多與大自然為伍的記憶。除了陪小玥登山，還有在山區露營，或者乾脆睡在停在野地的休旅車裡。回頭看著那些年，或許在絕大多數的時間，他們都只是單純地享受著旅行。

「阿樹，你很喜歡大自然嗎？」

「是啊，畢竟我本來就屬於這一部分吶。」

夜晚開山路必須很小心，但昏暗視線中的阿樹還是露出了愉快的笑容，「那妳猜猜，去過臺灣這麼多地方，我最喜歡哪一處？並不是私房景點，但我就是對它情有獨鍾。」

希瑟檢視著艾莉卡的記憶，最終搖了搖頭，「我想不到。」

因為不管阿樹到哪一個地方，總是露出開朗的笑容，沉浸在其中。就算有什麼負面情緒，也很少讓艾莉卡看見。為什麼呢？明明這些旅行的目的是要偷走別人的色彩，奪走他人好不容易獲得的奇蹟。

「想不到也沒關係，答案就在這條山路的不遠處。」阿樹的語氣十分柔和。

果然再開一段路之後，銀白休旅車便轉進了路邊的小型停車場。

「還好今晚沒人，不然影響到想觀星的遊客就麻煩了。」

夜晚的高山停車場中，只停著他們這輛銀白休旅車。

希瑟在阿樹之後下車，她呼著白色的霧氣，先是抬頭看著星空，最後視線落在那僅剩一棵的神木上。

「是塔塔加夫妻樹嗎……」

塔塔加夫妻樹是很有名的景點，原本是由兩棵交纏共生的紅檜枯木組成的奇異自然景觀。

很久以前，希瑟跟著認識的朋友來過一次，那時還是兩棵神木並存。

「嗯，但較高大的『夫樹』在二〇一七年的一場雷雨後倒塌了。或許在不久的將來，妻樹也會回歸於塵土吧。」

穿了件風衣外套的阿樹，一邊解釋一邊打開後車箱。

而銀髮的魔女面露沮喪地看著僅存的妻樹，「這就是你喜歡這裡的原因嗎……」

夫樹倒塌，僅留妻樹。阿樹從它們的命運，或許也看到了自己的結局吧。

「或許是這樣吧，看著僅存的妻樹，能夠堅定我的決心。其實啊，夫妻樹都已經是枯木了，早就在森林大火中失去了生命，這些都是自然循環的一部分。」

聽著阿樹過於豁達的想法，希瑟只是緊緊抓住了衣角。

為什麼、到底是為什麼呢……身為艾莉卡時也問過你很多次，你明明也露出了失落的表情呀。但你還是繼續旅行，破壞了魔女好不容易建立的箱庭。

如果僅是如此，希瑟或許會失落，但也能夠接受——明明最初是這麼告訴自己的。

隱忍至今的情緒，終於在璀璨的星空下徹底潰堤了。

「我不要……」淚水一滴滴落下，「過去的阿樹不是自然死去，是因為戰火而死的……」

只要閉上眼，彷彿就能看見那天的烽火、嗅到作嘔的煙硝味。你是因為人類的惡意才死去的，明明還遠遠不到你生命終結的日子呀。

「我好希望你能繼續陪在我身邊……還有好多地方要去、還有好多夢想要實現……我還要你陪著我畫畫……」

對著哭成淚人的希瑟，阿樹溫柔地笑了。他把從後車箱拿出的木盒抱在懷中，抬頭望著壯麗的群星。

「希瑟知道嗎？在妳第一次醒來之前，其實我已經去過世界上的很多地方了。」

「……哎？」雖然還是艾莉卡時就隱隱約約地察覺了，但這還是第一次聽到阿樹親口證實。

「妳也清楚的吧？既然有鈴蘭的協助，如果只是單純想去除所有畫作裡的端點，時間並不會拉得這麼長。我去了日本、中國、非洲，還有很多很多的國家……甚至連我們的故鄉——挪威都去了，也找到了那座山丘。當然，『我』已經不在哪裡了。」

青年的嘴角微微勾起，那是一段孤獨卻也充實的旅途。唯一虧本的，就只有鈴蘭的荷包了吧。

「不過妳相信嗎？在同樣的位置，如今又長出了另一棵樹木。生命果然相當頑強不是嗎？最後，我還是回到了臺灣。不過因為我模仿妳獨自踏上旅途，才能有這些感觸。」

阿樹輕撫希瑟的臉頰，微笑著拭去魔女的淚水。

「雖然獲得自由的我確實看到了很多不一樣的天空，但一個人所見的風景果然還是太過寂寞了。比起單純的景致，能讓人感受到更多、真正讓自己蛻變的，還是那些你在人生中邂逅、最終成為朋友的人們。正因為如此，我才會努力和妳留下的朋友們交流，理解他們的願望與夢想。雖然有很多難過的殘酷真相，但也看到了更多感動的事物，這些回憶也才真正變得充實。」

所以，那其實不是全然痛苦的事情嗎？

從呆愣的希瑟臉上收回手，阿樹打開木盒蓋，放出了裡面的東西——發出各種色光的蝴蝶從木盒裡飛出，圍繞在他們周圍。

「妳的努力與付出並非毫無意義。」

銀髮的魔女有些愣住了。兩人沐浴在發光的蝶海中，阿樹拉起了希瑟的手。

「來吧，先碰碰其中一隻蝴蝶如何？」

雖然有些畏縮，但希瑟還是伸出了指頭輕點面前的藍光蝴蝶。蝴蝶散成光粉，某個人的聲音清楚地傳入她耳中。

希瑟姐姐——謝謝妳。或許我將不久於人世，但因爲妳的畫，我才能鼓起勇氣跟他在一起。

「是小玥的聲音……」

「我請鈴蘭幫了個忙，使用她的方塊協助錄音。這幾個月我其實沒有去寫生，而是忙著收集『大家的聲音』。」

希瑟，謝謝妳，妳的心意比起看不見的美景，對我來說更加明亮。

紫色的蝴蝶，那是住在藝術村的視障藝術家芊柔。

在我駕鶴西歸前，我還想看到妳的女兒呀。

黃色的蝴蝶，則是常去拜訪的獨居老婆婆。

我不會感謝玩弄這片土地的魔女，但那一天的花火確實很美麗……如果妳想贖罪，請妳代替我們——也代替阿樹好好活下去，將親眼見證的每一段記憶畫成美好的作品。

還有金色的蝴蝶，是小狐狸雖略顯不滿、卻充滿心意的抱怨。

感謝妳的油畫，讓徬徨的我終於充滿決心。

謝謝妳贈與給我們的勇氣，我會證明給爸爸媽媽看的。

謝謝希瑟大姐的鼓勵，帶我走出重考的低潮期。

請多重視自己，妳比妳自己所想的更重要、更偉大。

如果有人欺負妳就跟張大哥講，我會幫妳出氣的。

還有很多很多的鼓勵和一點玩笑，共通點是全部充滿了人情味……

每一隻蝴蝶，都是希瑟贈送過畫作的朋友。連她都沒有發現，在夜中翩翩飛舞的蝴蝶已經有千百隻之多。

來臺灣這麼多年之後，不知不覺間，箱庭魔女留下了這麼多畫作，幫助了那麼多人。

儘管以魔女的異能來看，那是微不足道的微小部分。可是在成為非人的魔女前，她也是充滿情感的人類少女。淚水充盈希瑟的眼眶，她哭著聽完每一位朋友的鼓勵，內心只有過於飽滿的溫暖。

直到最後一隻蝴蝶散去，在璀璨的星空下——

阿樹悄然來到希瑟面前，將銀髮魔女擁入懷中，「所以，現在妳能聽聽我的願望了嗎？」

本來還想掙扎的希瑟，最終哽咽著點點頭。如果這次還不答應阿樹，就證明自己並不愛他，也不重視他的覺悟。

心頭一暖的阿樹摸了摸她的柔順髮絲，輕聲開口，「我啊，其實也害怕死亡喔。可是我明白自己必須去做這件事，因為唯有我再次離開，妳才能真正走出箱庭，重新活在這個世界之中。」

說到一半，阿樹停頓了片刻，眼神也轉趨堅定，「如果將自身的死亡與妳的未來放在一起，我會毫不猶豫地選擇後者。妳說成為魔女後，妳的畫作不再有魅力。但是妳與妳的畫作為我的世界帶來了色彩，現在也改變了很多人。」

星空之下，青年的笑容一如既往的爽朗，面對多舛的命運，他選擇接受、並且放下。而這背後的原因，是為他所愛的魔女。

「做為人類，我已經充分享受了這最後的數年，找到了自己的群青色。現在，我想將這個可能性還給原本應得的那人。而希瑟——我也希望妳能再次踏上自己的旅程，繼續去畫畫、追逐妳的夢想。」

那就是阿樹親自在天燈上寫下的願望。

希望箱庭魔女能放下過去，重新踏上自己的人生旅程。如同小狐狸所說的，將自己雙瞳所見的世界好好地畫下來。

永生與異能或許是懲罰，魔女也始終這麼認為。雖然勢必會經歷太多的悲歡離合，但與此同時，也能將那些故事留下記錄，成為過去的見證者。

接受了阿樹的心願，箱庭魔女內心的最後那道束縛也漸漸鬆開。

「可是……我真的……」捨不得呀。

即便心裡開始慢慢接受了命運，卻無法止住不停湧現的淚水。所以希瑟只能緊抱住阿樹，將臉埋在青年的胸口，彷彿要將內心所有的痛苦一口氣傾瀉而出。

「只有今晚……請讓我……好好哭一次……」

阿樹點了點頭。得到戀人的包容後，希瑟發出了痛徹心肺的哭聲。

不遠處，僅餘一棵的神木則在璀璨的銀河下，陪伴著將要別離的兩人。

A Summer
for the Witch

Final.

[夏天結束後]

那是在天氣沒那麼炎熱，天空看起來是如此遙遠的十月。

那一日傍晚，三人來到了海邊偏僻的白沙灘，那或許是在臺灣某處、或者是世界某個角落隨處可見的景色。

三人的其中一位，是不管在哪都穿著睡衣的黑長髮少女。另外一男一女是黑髮的俊秀青年和銀髮的異國少女。從緊牽起的手及親暱的動作來看，他們是一對情侶。

這對情侶為了今日盛裝打扮，青年穿著俐落的黑西裝與皮鞋，銀髮的異國少女則穿著一襲露肩連身白紗裙與繫帶白跟鞋、鬢邊別著幾朵白花，皎月般的銀白長髮隨風揚起，少女在橘紅夕陽的渲染下美得奪目。

踏在浪花的邊緣，情侶沿著沙灘漫步，黑髮少女則停留在不遠處，守望著兩人。

他們在沙灘上走了一小段時間，青年喚住走在前頭的她，銀髮少女的側臉閃過了一絲悲傷，但仍以笑容迎接新郎。

看著自己開始緩緩分解、碎落成透明方塊的手掌，青年露出若有所覺的神情。他微笑著請重要的朋友幫一個忙，黑髮的睡衣少女點了點頭，拿出了相機，淚水卻止不住地從臉頰滑落。

夕幕之中，青年與嬌小的銀髮少女目不轉睛地凝視彼此。他微微低頭、笑著抹去新娘眼角的淚水，在她耳邊輕聲道別。

青年輕輕捧起愛人的雙頰，兩人在夕陽下相吻，黑髮少女則用相機記錄下這一刻。

兩人緊緊依偎，沒有放開彼此，直到——青年從四肢開始的分解擴散到身體，最後是頭部。到了離別的時刻，青年一如既往地帶著笑容，因為他已沒有遺憾。

曲終人散。方塊散去後，青年的西裝落到了沙上。

這只證明了此刻不再是虛幻的箱庭。銀髮少女茫然地望著虛空，從山丘上初遇的那一天，一直到這幾年的旅行，好多好多的回憶湧上心頭。

雙手捧住彷彿被殘忍撕裂的胸口，銀髮少女的淚水彷彿無窮無盡——但最後，少女望著海平線上的夕陽，露出了一抹絕美的笑容。

再見了。

Hade Bra.

……或許是偶然，或許不過是機率的定律——只要不為零，終究有產生奇蹟的可能性。

他在醫院的病床上醒來，映入眼簾的第一樣事物，是窗外的枯樹。蕭瑟的寒風流入室內，或許這只是一場漫長卻甜美的仲夏之夢。

長年臥床而消瘦的青年望著自己右手上的細長刀疤，那並不是被別人傷害的痕跡——恰恰相反。

青年的甦醒隨後被巡房的護理師發現，護理師立刻聯絡了他的家人。望著喜極而泣的年邁父親，青年為自己的所做所為感到深切的懊悔。

而在那之後，青年展開漫長的復健過程。那是非常辛苦而孤獨的道路，但他咬牙苦撐著，一步一步地前進。

青年也開始一步步地改變。本來一團糟的生活，他開始一點一點修正，儘管未來還是不明朗。

當睡不著的夜晚太過漫長，青年總會看著自己在寫生本上描繪的、那位擁有美麗雙瞳的雙馬尾異國女孩。

數個月後，復健順利的青年終於出院。

四季輪轉，不知不覺間，季節又從寒冷的初春來到炎熱的夏季。青年若有所思地望著群青色的夏日晴空。下一份工作慢慢來吧，來接他的老父親如此說道。

青年回到家後，他望著許久不曾踏入的房間。

突然有一個想去的地方，於是他騎著機車來到市區附近的高處。山頂有一處涼亭，就在蓊鬱的樹林邊緣，可以從這裡一眼眺望城市持續發展的繁榮景色。

不過，這些都不是重點。雖然他並不期望能遇到些什麼，幸好——奇蹟總是降臨在願意相信、願意等待的人身上。

這個世界偶爾還是很溫柔的，不是嗎？

青年繞過涼亭邊熟悉的畫架與繪畫工具，漫步到那棵綠樹邊，腳步不慌不忙。

穿著白洋裝的銀髮少女正在樹下午睡。

對她理應陌生、卻感到莫名熟悉的青年，露出了一抹發自內心的溫暖笑容。

——《箱庭魔女夏日騷動・下》完

——《箱庭魔女夏日騷動》全系列完

A Summer
for the Witch

Afterword

[後記]

寫下集的時候我一直在想著——如果一開始就反著從下集看回去上集，不知道會不會有不同的感觸？當然在前後伏筆的關連與設計上，我想還是依著原本的順序最適當吧。

實際推進劇情的過程中我一度十分掙扎，幸好艾莉卡真的非常可愛，新女主角好像搶了希瑟的風采，還好箱庭魔女也不會太在意吧。

這次還是要特別感謝編輯和出版社的幫忙與寬容，在截稿期限剛剛好完成。寫後記的此刻都覺得不可思議，不過仔細想想，果然還是A_maru老師的下集封面太厲害了！被希瑟的另一面萌到了，靈感也就源源不絕。

魔女系列或許只有這兩集，也或許會延伸下去，無論如何這都會是有所取捨的選擇，這也是箱庭魔女的核心想法。

做出選擇，邁向未來。

只有做出選擇，才能去尋找天空彼端的群青色。

今年或許會過得更掙扎，在如何兼顧創作與現實這部分，已經是越來越需要思考的年齡。

所以希望將這故事呈現給大家，您會做出阿樹的選擇嗎？我期望讀者們能和他一樣有著勇敢而溫柔的心靈，雖然我更想當只負責看故事和寫故事的死宅宅就好了XD

有空請去臉書專頁尋找午夜藍，看要吐槽還是閒聊都OK的。

https://www.facebook.com/midnightmilktea

午夜藍

高寶書版集團
gobooks.com.tw

輕世代 FW357
箱庭魔女夏日騷動・下

作　　者　午夜藍
繪　　者　A_maru
編　　輯　薛怡冠
校　　對　林雨欣
美術編輯　林鈞儀
排　　版　彭立瑋

發 行 人　朱凱蕾
出　　版　三日月書版股份有限公司
Printed in Taiwan
地　　址　臺北市內湖區洲子街88號3樓
網　　址　www.gobooks.com.tw
電　　話　(02) 27992788
電　　郵　readers@gobooks.com.tw（讀者服務部）
傳　　真　出版部　(02) 27990909　行銷部 (02) 27993088
郵政劃撥　50404557
戶　　名　三日月書版股份有限公司
發　　行　英屬維京群島商高寶國際有限公司台灣分公司
Global Group Holdings, Ltd.
初版日期　2021年 6 月

國家圖書館出版品預行編目(CIP)資料

箱庭魔女夏日騷動/午夜藍著.-- 初版. -- 臺北市：三日月書版股份有限公司出版：英屬維京群島高寶國際有限公司臺灣分公司發行, 2021.06-
面；　公分. --

ISBN 978-986-06233-7-6(下冊：平裝)

863.57　　110006019

三日月書版